L'OS de DIONYSOS

Christian LABORDE

L'OS de DIONYSOS

FRANCE LOISIRS
123, boulevard de Grenelle, Paris

Édition du Club France Loisirs, Paris,
avec l'autorisation des Éditions Régine Deforges

ISBN 2-7242-4947-X

à Marie-Christine

I

« Longtemps je me suis branlé de bonne heure, dans la forêt, non loin de la départementale qui, chaque jour, relie Sarrouilles à Tarbes. Chemise ouverte, je courais à travers les fougères constellées de rosée, dans l'odeur des lichens, des mousses, bouche ouverte, les bras dans les ciseaux des feuilles, jusqu'à cette tache sombre, celle que dessinent au petit matin les buissons plus épais barrant la route des palombières. Là, immobile, le pantalon baissé, pareil aux mioches qui appellent leur mère pour qu'elle les torche, la main serrée autour de moi-même, j'abandonnais à la terre ma propre liqueur, dans une ivresse qui, chaque fois, me rapprochait des arbres, des ruisseaux, des pierres et de l'œil du coucou. »

Je donnerai une suite à ces lignes, à ces

mots qui font toc toc au carreau de la tête. Inspecteur Colombo en mission ultra-secrète, je les interrogerai plus avant. Ils livreront des pans entiers de ce qui fut moi-même. Ils me diront qui je suis.

Je reposai mon style encre — le superbe Mont-Blanc offert par Laure — sur le bureau Empire où j'avais l'habitude d'écrire. Je dis bien « *écrire* », je ne dis pas « *travailler* ». Je ne suis pas un tâcheron, moi ! Je me shoote aux syllabes, je me refile des overdoses de rythme, j'écris, c'est tout. J'humai une dernière fois l'odeur de la feuille imbibée d'encre noire. Quelques points sur les i étaient encore humides. Un paragraphe de plus, pensai-je, de ce texte enfoui, ample, et qui veut naître. Nous verrons.

Je n'écris que par bribes. Je déteste les longueurs. Tout dans le tempo. Le mot surgit, s'impose, fait sens. Pas de mèche lente. Explosion direct ! De plus, le métier alimentaire que j'exerce — je suis professeur de lettres et d'occitan — m'oblige d'écrire entre deux cours, en hâte, à la bibliothèque, entouré d'élèves qui font semblant de bosser et de collègues venus consulter la presse. Surtout *Le Monde*.

J'allumai une cigarette, la fumai lentement, les yeux tournés vers la porte-fenêtre : « ... *Ça fait bleu dans mes poumons, dans mon éponge tu plonges, tu plonges...* » J'observai un instant les rideaux bien blancs. J'avais demandé à ma mère de les laver. Elle les avait descendus, passés à la machine, mis à tremper avec du blanc Nuclear, rincés et rependus encore humides pour qu'ils ne se froissent pas.

La pièce était bien éclairée. Le plancher en chêne brillait. Dehors, l'automne et les Pyrénées. Je me levai, frottant mes mains, roulant ma caisse. Ce que je venais d'écrire était absolument superbe et je n'avais aucune raison de me le cacher. Il était quatorze heures et je n'avais pas faim. Mon cartable était prêt. Il avait appartenu à mon père du temps qu'il était gendarme. Un beau cartable en cuir que je ne cirais plus qu'une fois par an. Je le négligeais, je m'éloignais de lui, comme j'aurais aimé m'éloigner de ce travail imposé par l'existence et qui, trop souvent, dressait entre les mots et moi la barrière du stress et de la fatigue. N'y pensons plus !

Je pris les clés de mon coupé Lancia. Vingt minutes de route à peine pour arriver au collège. J'aurais même le temps de passer à la bibliothèque piquer quelques feuilles blanches dans la réserve de la photocopieuse. Sur ces papiers volés, arrachés au couloir qui mène aux circulaires, brilleraient les feux païens de mes syllabes barbares et échevelées. Contact. Autoradio. Jacques Higelin : *Manque de Classe*. En route !

Et si Laure me quitte, j'enfermerai dans une grosse boîte mes grosses couilles. Car je suis de la race écumante des loups. Privé de ma compagne, je vivrai seul, définitivement, courant les sous-bois, hantant tous les silences, puissant et maigre.

II

Epaule, tête, claquements de doigts. J'entrai en classe comme on entre en scène.

Je lançai mon cartable sur le bureau. Il souleva un peu de poussière de craie. J'exécutai un tour sur moi-même, fis quelques bonds entre les rangées de tables avant de rejoindre le bureau susnommé en tapant mes mains, paume contre paume. Les élèves sortaient leur classeur de français tapissé de photos de Jean-Pierre Rives ou d'Isabelle Adjani sans trop se préoccuper — quelques sourires ici et là — d'une chorégraphie qui les avait toutefois laissés perplexes le jour de la rentrée des classes : un prof qui danse, c'est chose rare dans l'Education nationale, immense corps amorphe, saturé d'habitudes et de discours circulaires qui font le régal des enseignants consciencieux reconnaissables à leur gros pull de laine et à leurs chaussures Méphisto.

— « *Sous le pont la rosée à tête de chatte se berçait.* » C'est un très beau vers d'André Breton. Notez-le donc, tout de suite, mes chéris, sur vos papiers quadrillés. Nous allons lui consacrer cette heure exquise qui nous grise !

— « *Se berçait* », Marsan, « *se berçait* » ! « *Sous le pont la rosée à tête de chatte se berçait.* » D'ailleurs, tout est là, dans « *se berçait* ». Etonnante cette forme verbale, n'est-ce pas ! « *Se berçait* » ! Chacun connaît l'expression « *se bercer d'illusions* », expression on ne peut plus banale, vide, vulgaire. Breton, lui, invente un verbe total, et ce, pour mieux coller au rêve, à la peau du rêve ! Car ce poème est éminemment onirique, voyez-vous.

Je me levai pour écrire « *onirique* » au tableau.

— Onirique : qui est relatif au rêve. J'ai assisté un jour à une explication sous-réaliste de ce poème. Le prof en question — il n'enseigne pas au collège, je ne vous donnerai donc pas son nom — expliquait qu'à certaines heures la brume à cheval sur un cours d'eau ressemble à une tête de chatte.

Un doigt s'était levé.

— Je t'écoute, Marie-Ange, dis-je en m'asseyant.

— C'est pas bête comme idée, monsieur !

— C'est pas bête, c'est à côté ! Ce n'est pas la rétine qui permet d'entrer dans un texte surréaliste. En fait, ce poème innocent, porteur de toute la neige du monde, évoque surtout le plaisir féminin. C'est un poème érotique, balthusien !

Je me levai pour écrire au tableau le nom de Balthus.

III

Je m'appelle Christophe Laporte. Je suis professeur de lettres françaises et d'occitan aussi à la récréation. Parler du Beau, célébrer la saveur ancestrale d'une langue qui ne veut pas mourir, à l'heure où, dans les conseils de classe, le chef d'établissement, en l'occurrence Ursula Ossi, n'a d'yeux que pour le professeur de mathématiques, tient purement et simplement de la provocation. Je m'appelle Christophe Laporte et je suis un provocateur. J'aime les mots. J'aime Laure passionnément. Je grimpe le Tourmalet en 45/23, j'ai des couilles rondes et grosses comme les joues de Dizzy Gillespie, je bande comme un essuie-glace et je battrai un jour le record d'Henri IV. Il disait : « *Jusqu'à quarante ans, j'ai cru que c'était un os.* »

IV

Cigarette au bec, j'épluchais des légumes en écoutant Sarah Vaughan. La fumée m'obligeait à cligner des yeux. La fumée bleue de ma Dunhill bleue. J'usais de mon économe avec dextérité. Pommes de terre, navets, carottes, je mettais les chairs à vif avant de les plonger dans l'eau bouillante de la cocotte minute, où les attendaient un morceau de gîte, un oignon piqué de clous de girofle, quelques poireaux, un peu de sel et du thym. Je vissai le couvercle de la cocotte et réglai l'intensité du feu, de sorte que la vapeur sortant de la soupape émit un sifflement léger et régulier.

Direction le mini-bar dans le salon aux couleurs fauves. Cuirs. Merisier. Métal doré. Verre fumé. J'ai installé le mini-bar dans le prolongement de la bibliothèque. Assis sur l'un des tabourets, je peux me servir une Suze cassis ou prendre, sans faire le moindre mouvement latéral du buste, *Le Rivage des Syrtes* de Julien Gracq. Le confort. La vie à portée de la main. Et la vie, dehors, étant hors de prix, je ne pars jamais en vacances. Seulement quelques week-ends, de temps en temps. En France. Dans des hôtels de luxe. Hors saison. Avec Laure. Et le camping ? me direz-vous. Vous plaisantez ! J'ai horreur de chier par terre entouré de moustiques, ou en public, caché par une porte branlante derrière laquelle s'agglutine une bande d'ahuris ventrus et congestionnés. Ici, à Lannemezan, ville natale du général Lannes — je vous raconterai cette histoire plus tard —, je dispose de toilettes haut de gamme. Eau bleutée. Parfum permanent. Faïence fraîche. Tuner. Magazines. Cendriers. Papier spécial peau sensible. Paix de l'âme. Bonheur du périnée.

Je me servis une Suze cassis et quittai le salon pour mon bureau. Devant moi, posé sur un paquet de buvards, mon verre de Suze. A ma droite, les premiers mots du *Lait de Lune* : « *Longtemps, je me suis branlé de bonne heure, dans la forêt...* » A ma gauche, un paquet de copies à corriger : Nadine Audran, 1re S3. Commentaire composé : *Nocturne* de Jean Giono. Le texte ou les copies ?

Le travail ou les mots ? Ai-je le choix ? Les chers petits, il leur faut des notes, les parents attendent, s'inquiètent ! Comment travaille Michel ? Il lit beaucoup, vous savez ! C'est le contraire de son frère ! Eric n'a jamais ouvert un livre, mais vous n'avez pas eu Eric, je crois ? Enfin, Michel vous aime beaucoup... Je n'ai pas le choix. *Longtemps je me suis branlé de bonne heure* : à dégager. A moins, à moins, j'y pense tout à coup, de se faire branler par Nadine Audran de 1re S3. Nadine Audran, mon Dieu, mon Dieu ! Sa jolie frimousse, son jean moulant ! Hop, hop, hop, derrière l'étude des Terminales, une leçon de physique expérimentale, comme dit Voltaire dans le premier chapitre de *Candide* ! Je l'allonge. Je retire son jean. Je suis sur elle. Je pèse. Je bouge. Je lui mange les cheveux. Je lève les yeux. Horreur ! Malheur ! Une paire de chaussures noires ! Plus haut, deux chevilles violacées ! Plus haut, des varices ! Plus haut, des genoux massifs ! Plus haut, une jupe bleu marine ! Plus haut, Ursula Ossi, directrice du collège. Notre-Dame-de-la-Frondaison ! Je suis pris ! Où courir ? Où ne pas courir ? Elle va voir ma bite ! Je vais être vidé ! C'est pas moi, mademoiselle ! Elle ne me croit pas ! Elle jouit du spectacle et de ses conséquences, la matheuse directrice ! Pensez donc, elle n'a jamais eu de rapports ! Les seuls qu'elle connaisse sont ceux qu'elle signe. Le mien est prêt ! Je le vois briller dans ses yeux. Triple exemplaire. Lettre recommandée. Porteur spécial. Directo le recteur. Christophe Laporte renvoyé, balancé, vidé, exilé, exclus. Fin d'une prometteuse carrière. Tant mieux ! Je pourrai me consacrer à la rédaction du *Lait de Lune*. En fait, avalanche de soucis matériels, débâcle financière, chômage, bris du consensus social, super stress, la plume s'arrêtant d'elle-même. Total panne. Mots tués dans l'œuf. Car je ne suis pas fait pour la souffrance solitaire et silencieuse. J'adore me faire plaindre. Il faut que je puisse dire à Laure que je n'ai pas le temps d'écrire, que les copies m'envahissent, que les élèves m'ennuient, que les collègues puent, qu'Ursula Ossi me gonfle, bref, que « *la vie sordide* » menace « *l'amour sublime* ». Et Laure en riant me réconforte, me cajole, me dit que je suis un grand écrivain.

J'allumai une cigarette. Je pris mon stylo rouge. Nadine Audran, 1re S3.

V

J'ai rencontré Laure d'Astarac à Toulouse, rue du Taur. Je sortais de la librairie « La Bible d'Or », où j'avais fait l'acquisition d'un exemplaire du *Jeune Homme de Novembre* de Bernard Manciet. Dehors, il y avait le trottoir. Sur le trottoir, le soleil. Dans le soleil, Laure d'Astarac. Elle se foutait pas mal des rayons qui mordaient ses cheveux, des chromes des vitrines qui déformaient l'image de sa main gracieuse et souple, des hommes qui, pour la mieux croiser, ralentissaient le pas, et de moi, bien sûr, qui, en la voyant, l'avais reconnue. Ce matin-là, Laure d'Astarac faisait ce que si peu de femme font : elle passait.

Passer. Le passer. La tige du cou, le port de tête, désignant la princesse, suggérant le royaume, montrant la voie. Présence. Absence. Elle passait et je ne sus la suivre. Je restai devant la librairie, immobile, extravagant, niais. Elle disparut à l'angle de la rue, la lumière la suivait. J'ai couru, enfin à la poursuite des parcelles d'étoiles qu'elle abandonnerait, comme un gant. A mon tour, je tournai l'angle de la rue. Je tombai nez à nez avec la pénombre d'une étroite ruelle du vieux Toulouse, ruelle déserte, étonnamment silencieuse : j'entrais sur son territoire. Façades, vestiges, vertiges, où était-elle ? Je décidai de m'en tenir au bruit de mes pas sur les pavés humides. Car le signal viendrait d'en dessous, des entrailles de la ville qu'elle avait choisie. Mes pieds tâtaient, tétaient, testaient le sol. J'avançais en braille. Je tendais l'oreille. Le silence de la ruelle était maintenant troublé par un bruit souple et cristallin. Je reconnus le bruit arabe de l'eau dont parle Audiberti : j'entrais dans sa lumière. Je m'arrêtai à hauteur du pilier en brique rose d'une porte cochère. Elle donnait sur une cour intérieure, ornée d'un bassin, avec, en son centre, un superbe jet d'eau : j'étais devant chez elle. Cette villa sarrazine ne pouvait être que sa demeure.

VI

Je lisais un entretien que le succulent conteur Michel Serres avait accordé à l'austère revue *Art Press* quand la sonnerie retentit. J'étais dans l'obligation de mettre fin à ma lecture et d'aller faire cours. Je me levai, passai mon blouson de cuir beige, saisis la poignée de mon cartable, remis la revue *Art Press* à sa place sur le présentoir et quittai la bibliothèque, rebaptisée CDI par Ursula Ossi, le lendemain de sa nomination aux plus hautes fonctions de l'Institution. Sa nomination — les voies du Ciel sont impénétrables — avait enchanté ses amies syndicalistes. Car Ursula Ossi, avant d'exercer le pouvoir, l'avait courageusement combattu, allant même jusqu'à boycotter le repas de fin d'année avec deux ou trois copines, militantes forcenées, fortes en gueule et un peu vulgaires, auxquelles aujourd'hui elle n'adressait plus la parole. Ces pauvres filles devaient se contenter, comme tout le monde, du célèbre sourire d'Ursula Ossi, un sourire permanent, cireux et lisse, qu'elle agrafe sur son visage, chaque matin, au petit lever, et qu'elle retire, le soir, après avoir été au pot. Si — Dieu nous garde — elle mourait à la tâche, un après-midi, dans son bureau, ffuitt, un gros morceau de coton dans le cul, et tout de suite au Musée Grévin !

Je descendis d'un pas rapide le couloir long et gris menant à la cour de récréation du second cycle. Je croisai Alexis Lagalaye qui fut presque mon ami et qui, maintenant, dirige le premier cycle. Son ambition comblée, son bonheur est total. Son portrait ? plus tard, patience ! Revenons à Ursula Ossi ! Il serait bon, je pense, avant d'entrer en classe, de lui trouver une ou deux qualités, une tout au moins. Ah oui, d'après Alexis Lagalaye qui est prêt à l'épouser, ne serait-ce que pour garder la direction du premier cycle, elle serait bonne cuisinière. Il a connu les joies délirantes de sa table. Table conviviale, s'il en fut. D'un côté, Ursula, son steak, son silence, son sourire. De l'autre, son oncle, le Père Elbeuf, personnage massif et suffisant, historien selon certains, philosophe selon lui, connu quoi qu'il en soit à Lannemezan pour son précis d'histoire locale, publié à compte d'auteur. Le Père Elbeuf croit à l'avenir professionnel de son adorable nièce. Il peut, s'il le faut, penser à sa place. Il ne s'en prive pas. Il est grand. Il a le haut du crâne tout pelé. On le voit de loin. On l'a surnommé « la proéminence grise ».

Dans la cour du second cycle, Bernard Bernardini. Il veillait au bon déroulement de l'interclasse. Bernard Bernardini est le Préfet de discipline du Collège. Dans un lycée laïque, il eût été, il y a peu, surveillant général ; il serait, aujourd'hui, conseiller d'éducation. J'étais pion dans un bahut technique, non loin de Montréjeau, quand les surveillants généraux devinrent conseillers d'éducation et les aveugles non-voyants. Le surveillant général du bahut, Pierre Maclou, dit « *Popeye* », s'était métamorphosé sous mes yeux, un lundi matin. J'étais assis à une table voisine de son bureau, et je comptabilisais les absences afin de communiquer aux cuisines l'effectif réel pour le repas de midi. Le téléphone sonna. D'habitude, Popeye décrochait tout de suite, et, tout en continuant de lire *L'Equipe,* hurlait : « *Qu'est-ce qu'il y a, con !* » Ce matin-là, il laissa sonner trois fois, respira à fond, décrocha le combiné et d'une voix radiophonique, formula l'énoncé suivant : « *Conseiller d'éducation, j'écoute !* » On eût dit la journaliste d'Inter qui, au cours de l'émission « *Le Téléphone sonne* », répète inlassablement : « *47.24.7000, j'écoute !* » Popeye avait dû suivre à Toulouse le stage « *Surveillance et communication* ».

Je m'arrêtai devant la salle 11. Le Père Dieudonné, professeur de mathématiques, n'était pas encore sorti. Quelques élèves regardaient par la fenêtre. Je leur tirai la langue. Ils plongèrent aussitôt sur leurs pupitres, afin de rire le plus discrètement possible, car on ne rit pas durant le cours de mathématiques. du Père Dieudonné. Il essuya le tableau, rangea les craies dans leurs boîtes respectives, boîte jaune pour les craies jaunes, boîte blanche pour les craies blanches, boîte rouge pour les craies rouges, ouvrit le cahier de textes, s'assura qu'il l'avait bien rempli, le tendit à l'élève responsable dudit cahier, prit son gros cartable dans sa main droite, son grand compas dans sa main gauche, se fit ouvrir la porte et sortit.

— Monsieur Laporte, je suis un peu en retard, je vous prie de bien vouloir m'excuser !

— Mais Père, vous êtes tout excusé,

j'enseigne une matière optionnelle, l'occitan, tous les retards sont permis !

— Il ne faut pas dire ça, répétait-il en tournant sur lui-même et en agitant les bras.

— Je vous ferai toutefois remarquer, Père, que seuls les cours d'occitan ont lieu de 12 heures à 13 heures, ou de 17 heures à 18 heures, répondis-je en surveillant ses gestes désordonnés.

Il s'éloigna en souriant. J'entrai en classe. Quatorze élèves occupés à disposer les tables en demi-cercle autour de celle qui me servirait de bureau. Quatorze élèves, six du Père Dieudonné, trois de 1re A, deux de 1re B, et ma garde personnelle de 1re S3, Didier Marsan, Nadine Puyo et Frédéric Duprat. Les « A » étaient rouges parce qu'ils arrivaient du cours de gym, et Marsan en retard parce qu'il venait de fumer sa rituelle cigarette, derrière la salle de géographie, à la barbe de Bernard Bernardini. Marsan a toujours su que je savais. Aussi me portait-il, de temps en temps, du foie gras dans les traditionnels bocaux Le Parfait.

J'avais fait photocopier par le frère Lartigue, préposé à la duplication, un extrait du *Chant Nuptial* de Pey de Garros, poète gascon du XVIe siècle. Je m'assis à ma table, ouvris mon cartable, sortis le paquet de photocopies et commençai la distribution. Je lus le texte lentement. Je l'avais répété plusieurs fois à voix haute, pour déjouer les pièges de la graphie archaïsante. Je voulais qu'ils goûtent la langue paysanne et noble de Pey de Garros. Je voulais qu'ils reçoivent en plein cœur ses renaissantes percussions.

— C'est beau, monsieur, dit un élève de 1re A.

— C'est vrai, c'est beau ! Tu veux dire quelque chose, Marsan ?

— Oui ! Je trouve marrant d'entendre parler, en classe, dans un poème, des filles de Lectoure.

— Des filles de Lectoure, dans un langage amoureux qui est loin d'être le vôtre, ajoutai-je. Cela dit, on peut aussi retenir la dimension écrite du texte. La langue occitane, voyez-vous, ce n'est pas uniquement la tradition orale, c'est aussi une poésie, dans le papier, dans l'encre, dans le parchemin, une poésie profonde, et qui n'imite en rien la poésie française de l'époque, comme l'a très justement souligné René Nelli.

VII

Les essuie-glaces tendus et silencieux chassaient les gouttes de pluie qui s'écrasaient sur le pare-brise teinté de mon coupé Lancia. Coup d'œil sur la montre à quartz. J'allumai l'autoradio.

— Quotidien pluriel, Jacques Chancel !

J'entrai dans Toulouse. Je pris la direction « Centre Ville ». Chancel recevait Jean-Edern Hallier. Enfin une parole écumante sur les ondes ! Un écrivain ! Un homme rivé à son chant ! Des mots ! Des déflagrations ! Des mensonges d'âme ! Jean-Edern Hallier ! Le contraire de ces petits romanciers de merde, racontant la vie de merde de leur personnage de merde, style : « Vous comprenez, Pivot, est-ce lui, est-ce moi, que puis-je bien vous répondre ? Julien, je crois, existe avec son cœur à lui, ses habitudes à lui. Je suis chauve, comme vous pouvez le constater, or, Julien a des cheveux noirs, alors... Je vais vous faire une confidence : c'est à mon frère que j'ai pensé, ce frère qu'en fait je n'ai jamais eu. Et où est-il à l'heure où je parle dans cette émission que je ne rate jamais, car, il faut que je vous fasse ce compliment Pivot, vous avez réussi à marier la littérature et la télévision... » Suffit ! Halte aux larves ! Hallier toutes ! Enfin un poète, un homme à crinière, un buveur d'enfance, un bouffon, un barbare ! La presse, la sainte presse parle de compromission. Hallier ne serait plus « *crédible* ». O grand caca ! Le mot « *crédible* » dans la bouche des journalistes ! On aura tout entendu ! Même *Le Monde* n'a pu se retenir. Les flanelles y ont été de leur misérable pointe assassine : « Un peu court, jeune homme ! » Ah les taches, les monstres, les rats ! Ces petits gérants de l'éphémère ne comprendront jamais rien à ce distributeur poétique de fausses nouvelles, à cet inventeur de vérités. J'ai tellement aimé *Fin de siècle* ! J'aime les fables, la couleur qui fait sens, la pensée habillée, les phrases que je poursuis, les phrases qui me poursuivent, celle-ci, par exemple : « Nous étions un 13 août 1979, je volais toutes ailes déployées au-dessus des champignons de nuages blancs, sur le vélin de l'aube, vers la moisissure du temps perdu. » Cette phrase est murmure. Elle est méandre. Elle est pur voyage. Elle renvoie à l'enfance, à l'école, au maître d'école, à la dictée : « Nous étions un 13 août 1979. Point. Je volais toutes ailes déployées au-dessus des champignons de nuages blancs, virgule, sur le vélin de l'aube, virgule, vers la moisissure du temps perdu. Point. »

Je remontai le pont Saint-Michel, empruntai le toboggan, doublai le Monument aux Morts, jetai un coup d'œil en direction de la Halle aux Grains et descendis les boulevards avant de m'engager dans une de ces petites rues donnant sur l'église Saint-Sernin, laquelle, depuis 1966, illumine le soir d'une fleur de corail que le soleil arrose.

Laure d'Astarac enseigne la littérature française en classe de khâgne au lycée Saint-Sernin. Je la revois préparant l'agrégation de lettres, chez elle, au Petit Marrakech. J'arrivais de Montréjeau, en fin d'après-midi. Je descendais la rue du Taur et garais ma voiture dans la cour intérieure de sa maison. La façade rose et le bruit arabe de l'eau. Elle avait hérité de cette maison, l'année de notre rencontre, à la mort de son père, avocat à Toulouse. Laure d'Astarac n'a jamais connu sa mère. Elle n'a d'elle qu'une photographie retrouvée dans le tiroir du bureau de son père, quelques jours après la mort de ce dernier. Pierre d'Astarac ne lui avait jamais parlé d'elle. Le tiroir où dormait la photo était toujours fermé à clé, la clé toujours dans la poche de son costume. Laure avait été élevée par sa tante Clara. Aujourd'hui elle vit seule dans cette superbe demeure aux boiseries chaudes, aux plafonds à moulures, aux cheminées de marbre ornées de précieux bibelots et de pendules dorées.

Je la trouvais toujours, agrégation oblige, dans sa bibliothèque, en l'occurrence le cabinet de son père dont elle avait modifié en partie le mobilier. Elle avait remplacé son bureau Empire par un bureau Louis-XVI, placé près de la cheminée une bergère du même style et installé une bibliothèque en merisier massif dans laquelle trônait l'intégrale de Balzac, romancier qu'elle défendait pour m'agacer en citant Baudelaire ; Hugo, bien sûr, et quelques Vernon Sullivan que je feuilletais, assis dans un fauteuil crapaud, devant la grande porte-fenêtre donnant sur la cour intérieure et le jet d'eau, pendant qu'elle compulsait *La Syntaxe du français moderne* de Georges et Robert Le Bidois. Sa main blanche et fine marquait des croix dans la marge des pages, soulignait des paragraphes entiers, rédigeait des dissertations fleuve en respectant scrupuleusement les lois du genre, thèse-antithèse-synthèse, et en inventant si nécessaire quelques citations dont le correcteur n'avait aucune raison de remettre en cause l'authenticité. Un faux Camus lui avait même valu une remarque des plus flatteuses. Laure, à sa table de travail. Laure, son emploi du temps, ses fiches d'ancien français, ses tasses de thé, ses pâtes d'amandes Régiblé. Laure qui voulait l'agrégation et qui l'obtiendrait.

Je m'arrêtai devant le lycée Saint-Sernin, juste à hauteur du portail. Laure apparut sur le perron du porche qui domine la cour intérieure du lycée. Laure sur le perron : son tailleur noir, sa veste épaulée, rehaussée par un foulard de soie bleu dur. Laure descendait les marches du perron. La tige noire et souple de son bras, sa main gantée frôlant la rampe en fer forgé. Laure maintenant dans la cour. Sa jupe droite et fendue, ses longues jambes, ses bras, la finesse de ses chevilles. J'étais descendu de ma voiture. J'allais à sa rencontre. Elle me souriait. Je posai mes lèvres sur sa bouche fraîche. Je lui pris la main. Je l'invitai à rejoindre la voiture. Elle serrait contre sa poitrine, poitrine dont je vous parlerai plus tard, *Le Bruit et la Fureur* de William Faulkner.

Au Petit Marrakech. Je disposai en hâte mes vêtements sur le valet de chambre et, nu, me glissait entre les draps en satin. De la salle de bains me parvenaient des bruits féminins de flacons, cristaux, perles, laques, nacres, poudriers, barrette jetée sur la tablette en verre fumé, fixée aux carreaux noirs du mur, juste en dessous de la glace dans laquelle Laure, une dernière fois, devait se regarder. Une chambre baudelairienne. *L'Invitation au Voyage.* Le tissu rose recouvrant les murs, les lourdes tentures d'un rose plus soutenu encadrant la porte-fenêtre, le croissant doré de la crémone, le mobilier précieux, les tiroirs de la coiffeuse, le silence rond comme une patte de chat, royaume de Laure.

Elle éteignit la lumière de la salle de bains et ouvrit la porte de communication. Elle ne portait qu'une culotte blanche légèrement brodée. La culotte blanche de Laure d'Astarac. Une précision ! Elle s'impose ! J'ai horreur des sous-vêtements de couleur. Ils trahissent un manque de classe. Ces soutiens-gorge vert pâle, bleu pâle, bleu marine, leurs bretelles trop larges, l'armature rigide encerclant les bonnets, pouah ! Auréoles sous les bras, machineries sur le gras, bandaison sociale, orgasme Prisunic ! Pas de ça chez moi, pas de ça chez Laure. La Femme, dès l'instant qu'elle accepte d'être une déesse, ne peut tolérer sur sa peau qu'une étoffe de neige, une étincelle sur la raie. Donc, la culotte blanche, que le cul soit bronzé ou non. Deuxième précision ! Elle s'impose autant que la première. Que ceux et celles qui tiennent le discours social comme seul discours proprement humain aillent voter et referment immédiatement les pages de ce livre ! Non, mais... Je n'écris ni pour eux, ni pour elles.

Syllabes de salive, dents luisantes de salive, salive première et pure, Laure maintenant dans mes bras. La balle de sa nuque dans la paume de ma main. La sueur du souffle, l'œillet du cul, les poils mouillés, l'ourlet fragile des lèvres. Je fouillais en elle avec mon bec tendu, ivre de viande et d'organerie, cherchant dans cette chair intime et vierge le secret du monde, ponctuant de mots abominables cette quête effrénée. Laure. Toute ma boue sur toute sa neige.

VIII

Seul. Seul et dehors. Dehors, dans les Baronnies. J'avançais lentement, tête baissée, le dos légèrement voûté, les mains dans les poches, à l'écoute de moi-même, à l'écoute du *Lait de Lune,* à l'écoute de son silence obsédant. Chaque fois qu'un texte m'habite, m'occupe, me remplit et, par quelques mots nomades, quelques phrases traversières, se manifeste, éternue sur la feuille, avant de rejoindre son invisible demeure, sa paillasse céleste, je fous mon nez dehors. Je sors. Je regarde les crêtes neigeuses tout à coup accessibles, je flaire l'eau épaisse de l'étang, j'écoute les craquements d'arbres, je tâte la boue des berges. Les bras dans la boue, dans l'éponge de l'ombre, je tâte. Je tâte le cosmos, je tripote la compote de l'univers. Un jour

— l'année de mon arrivée au Collège — ivre de ce contact premier avec le monde, j'avais, dans le sentier obscur où j'avançais, abandonné un à un tous mes vêtements. Pieds nus sur les feuilles, le dos couvert de mousses, la poitrine ruisselante de sueur et d'écorces, les bras maculés de fientes d'oiseaux, j'avais fini ma course folle contre un arbre. Je l'avais enlacé, mes genoux serraient ses flancs bruns et rugueux. Le sang battait dans ma bite. J'avais écrasé ma bouche sur sa peau craquante et chaude avant de hurler mon propre nom.

J'arrivai à hauteur d'une haie de frênes. Le frêne a la peau douce. Je sais faire des sifflets avec un bout de frêne. Ce n'est pas bien compliqué, je vous expliquerai ça une autre fois. Il faisait bon. Je savourais la lumière d'automne, souple et jaune. Le ciel était pur, les arbres immobiles. Je m'assis sur une pierre. Je desserrai le nœud de ma cravate et défis le premier bouton de ma chemise afin de sentir sur mon cou la caresse de l'air. Un homme venait dans ma direction. Un paysan qui descendait vers le bourg. Et haow avec le bras, a dalhar, un paysan décidé, jamais malade, jamais de cachets, jamais d'aspirine, ça abîme le sang.

Je préparais ma phrase. Non pour engager

une conversation, mais pour entendre claquer l'inévitable réplique, la remarque du coin, la formule du cru.

— Quelle belle journée, vraiment qu'il fait beau ! dis-je.

Et l'homme aussitôt :

— Taisez-vous ! On va le payer, pauvre, on va le payer !

Pas de cadeau ici-bas. Misère toute. Les mémés en parlent toujours. L'Eglise n'a pas arrangé les choses. Au contraire. Tous à l'école de la résignation. Sainte Catastrophe, priez pour nous. Fini l'esprit d'aventure. Tous préfets ou CRS.

Quelques élèves d'occitan viennent des Baronnies. Ils ont gardé leur accent rocailleux. Ceux qui l'avaient perdu le retrouvent très vite au bout de quelques leçons. Les vieux mots, en eux, reprennent le dessus et vont au Bac. Les vieux mots. Les mots gascons. Hier barbares et criards, aujourd'hui livides et aphones, pareils à ces mémés rabougries et édentées, assises près du feu sur leurs chaises basses, qui les ont inventés et qui n'ont personne à qui les dire. Pauvres mots que l'on prolonge un peu à l'école, comme on prolonge un peu les mémés à l'hôpital.

IX

Je suis né à Aureilhan, non loin de chez Yvette Horner. Depuis que j'enseigne au Collège Notre-Dame-de-la-Frondaison, j'habite la bonne ville de Lannemezan, connue pour son asile psychiatrique, sa compagnie de CRS, son projet de centrale pénitentiaire et son usine Pechiney Ugine Kuhlmann dont les fumées font tomber les cornes des vaches, déforment les pattes des veaux et rendent opaques les carreaux des fermes les plus voisines.

Lannemezan demeure pour les fans de l'épopée napoléonienne la ville natale de Jean Lannes, Duc de Montebello, général de Brigade en 1795 et Maréchal de France en 1804. Une plaque commémorative signale, place aux Cochons, rebaptisée pour faire chic, place du 14-Juillet, l'emplacement de la maison où il a vu le jour. Les spécialistes en onomastique admettent généralement que Lannemezan est la déformation de Lannemaison. C'est faux ! Lannemezan n'est pas un quelconque cas possessif. C'est un jeu de mot impérial. 1806, Napoléon est dans les Pyrénées. Un voyage éclair auquel Jean Tulard n'accorde visiblement aucune importance. Etrange ! L'empereur était-il en goguette ? Avait-il rencard avec quelque soubrette ? Braguette, galipette, gentil coup de quiquette derrière le café Morette ? Nul ne le sait. Mieux, chacun feint de l'ignorer. Pourquoi ? L'affaire n'a pourtant rien de scandaleux, car l'empereur n'était pas derrière le café Morette mais dedans. Avec Lannes précisément. Lannes tient dans sa main gantée la bouteille d'apéritif. Napoléon veut l'apéro. Il tend son verre et dit : « Lannes mets-en ! » Lannemezan.

X

D'un geste je fis comprendre à Freddo que je n'avais rien dans le casque. Il appuya sur un bouton. Mon pouce en l'air lui répondit « ça baigne ». Freddo vérifia sur l'une des platines que mon indicatif était bien calé. Une page de pub : Bijouterie Ajame, Parfumerie Madiot. Le Café Rétro, Télé-Dépannage, Librairie Point Virgule, Auto-école Feu Vert. Le voyant rouge, placé à côté du micro, se mit à clignoter. Dans le casque, les premières mesures de mon indicatif, La *Girafe mambo,* de Guem et Zaka Percussion. Je laissai le disque tourner un moment, puis, sans regarder Freddo, levai la main :

— Onze heures - midi, sur 92, African Cebar, la jungle de la musique et la savane des mots ! Mon invité aujourd'hui, Serge

Momy, fondateur des éditions Encoches. Tout de suite, un vieux Salvador, *Le Blouse du Dentiste.*

92 MHZ : la fréquence de Radio Tripot, à Pau. Entre RPB, Radio Pau Béarn, la voix de son maire, et Païs FM, la radio des Béarnais bornés. Radio Tripot, seule, sans trop de fric, face aux militants locaux et aux patoisants confits et poussiéreux. Radio Tripot. Deux ans de vie, de survie, sur les coteaux de Saint Faust, dans le grenier de l'immense maison d'Adrien Tourneur, écrivain paysan qui travaille la vigne, déteste le rock, et adore la musique de Bernard Lubat. Radio Tripot. Fondateur : Freddo. Je l'ai connu au lycée technique de Gourdan Polignan, à côté de Montréjeau. Nous surveillions les dortoirs ensemble. Nous buvions du café dans sa chambre, en écoutant les délires verbaux de Marcel Schwarz lequel, carte à l'appui, commentait pour nous les péripéties du Front russe. Marcel Schwarz préparait l'agrégation d'histoire et, quand il ne citait pas Fernand Braudel, pratiquait le coup d'éclat permanent. Il ne racontait jamais d'histoires belges. Il jugeait vulgaire ce genre de plaisanteries. Marcel Schwarz préférait de loin se moquer des pauvres et des ouvriers, de préférence en présence du délégué syndical. Marcel Schwarz

était insomniaque. Il faisait les cent pas dans son dortoir, à trois heures du matin, coiffé d'un casque de spéléologue équipé d'une puissante torche, ce qui lui permettait de lire Georges Duby en marchant et sans trop déranger les élèves dans leur sommeil. Parfois, il en réveillait quelques-uns pour faire un tarot. Ils jouaient avec lui, dans sa chambre attenante au dortoir, en fumant des cigarettes et en buvant du whisky dans les gobelets en plastique de la machine à café. Tous les jeudis matin, Marcel me rejoignait à la bibliothèque du lycée dont aucun élève, jamais, ne franchissait la porte. Il venait me voir pour que je lui parle d'André Breton. Toute anecdote relative au surréalisme le passionnait. Il détestait Proust, adorait Céline et mettait *Salo* de Pasolini au-dessus de tout. Freddo faisait, grosso modo, des études de sciences-éco et, plus concrètement, revendait des moteurs de 2 CV qu'il récupérait à Toulouse. Il sillonnait la ville rose avec sa 4 L, repérait les voitures plus ou moins abandonnées et revenait, la nuit, avec sa caisse à outils pour bosser. Freddo bossait seul. Il utilisait de temps en temps les machines du lycée pour rectifier quelques pièces. Il voulait monter un garage à Saint-Gaudens. Il a monté Radio Tripot à Pau.

— Serge Momy, vous avez fondé les Editions Encoches, et le titre déjà me plaît. Parce qu'il sonne : encoche, coche, hoche, brèche, flèche, j'encoche la flèche, je vise l'azur, j'atteins l'écorce du chêne. Voilà ce que j'entends dans Encoches. Vous êtes, vous aussi, sensible à la chair des mots, au son qui fait sens ?

— Tout à fait !

Il parlait en se frottant les cuisses :

— Je suis écrivain, vous le savez, donc j'aime les mots, et puis j'aime ceux qui les aiment, c'est pour cette raison que je suis devenu éditeur, et je sais...

Je faisais jouer la hampe souple de son micro pour qu'il parle bien dans l'axe. Cette manipulation le perturba au point qu'il se mit à bafouiller. Il arrêta de se frotter les cuisses et me regarda, sans me voir, à l'écoute des mots qui ne venaient plus. Pour le sortir de la situation délicate dans laquelle, involontairement, je l'avais placé, je m'appuyai immédiatement sur sa phrase restée en suspens :

— Editeur, éditeur, c'est-à-dire colporteur de mots ! les mots de qui, par exemple ?

— Ceux de Manciet, répondit-il, en se caressant de nouveau les cuisses, et en parlant, cette fois, dans l'axe du micro !

— Manciet, dis-je, certains de nos auditeurs connaissent, c'est un poète. Un poète gascon. Ça se vend beaucoup ?

— Ça se vend, ça se vend, en tout cas, avec Encoches, ça se publie. Vous parliez à l'instant d'arbre, d'écorce, eh bien, avec Manciet, on est dans la sève, dans la vie, et la vie il ne faut pas l'étouffer. Et puis, si c'est pas nous qui publions Manciet, qui le fera ?

— Vous vous définissez comme un éditeur régional ?

Alors ça, de vous à moi, c'est la question dure dure, le test enfoiré type. Ou le mec bondit et te balance à la gueule sa réplique super torchée, ou il acquiesce, le minus, couplet misérabiliste, refrain régionaliste, Montagnes Pyrénées — Henri IV — Simin Palay and Co. Serge Momy bondit :

— Je ne suis pas un éditeur d'ici, je suis, ici, un éditeur !

— Expliquez-vous !

— C'est très simple ! Je publie les textes que j'aime, je les publie ici parce que le hasard des routes et des rencontres a fait que j'habite ici, c'est tout. Je suis arrivé avec certains textes, d'autres m'ont accueilli, ceux de Manciet notamment. Je publie Manciet parce que Manciet est un écrivain, je veux dire quelqu'un qui parle des hommes et du monde, le contraire, faut-il le rappeler, des écriveurs de sous-préfecture en manque de périmètre et de patrie !

— Patrie, vous n'aimez pas ce mot ?

— Je le hais. Il est le prétexte toujours invoqué par l'homme pour satisfaire son besoin naturel de guerre.

— Je vous propose, Serge Momy, de faire une pause musicale, en compagnie de Claude Nougaro. On se retrouve tout de suite après pour parler d'Encoches.

Je retirai mon casque, le posai sur la table et sortis un paquet de cigarettes de la poche revolver de mon blazer. J'en offris une à mon invité. Freddo, de l'autre côté de la vitre, comme je le regardais, brandit son paquet de Marlboro. Inutile de me déranger pour lui en offrir une. Freddo, chez lui, en régie, au milieu des boutons et des potentiomètres, assis à la table de mixage avec, à ses pieds, des centaines de disques rangés dans des cartons de couches culottes Tendresse. Freddo, qui m'avait demandé de venir à Radio Tripot parler des livres, de la chanson que j'aime et de l'Occitanie basanée. Trois passions passant par les mots. Je deviens, aujourd'hui, à l'antenne, le conteur d'autrefois. Saveur et savoir mêlés. J'entends ma langue, mes langues, mes mots, je découvre ma voix, j'ai mon gueuloir.

Je remis mon casque sur mes oreilles, rejetai

loin devant moi la fumée d'une dernière bouffée et, reconnaissant le crescendo final de *Billes,* levai lentement le bras en regardant Freddo. Le voyant rouge clignotait.

— Serge Momy, vous parliez tout à l'heure du besoin naturel de guerre, Claude Nougaro à l'instant dénonçait l'homme « dangereux » et j'ai, sous les yeux, un petit livre publié par les Editions Encoches : les poèmes de Paul Déroulède. Un exemple de ce qu'il ne faut pas écrire ?

— Absolument, dit-il en ajustant ses lunettes rondes. Nous voulions montrer jusqu'où peut aller la connerie humaine. Le prototype du texte patriotard et merdique !

— Et comme vous ne craignez personne, vous sous-titrez « aussi nul que Michel Debré »...

— C'est écrit, non ?

— Oui, oui, notez que j'aurais pu remplacer Debré par Aragon !

Je fis immédiatement semblant d'être scandalisé. Un coup de klaxon moralisateur, une mise au point très France profonde :

— Vous n'avez pas le droit de faire une telle comparaison, et puis Aragon est mort, vous n'allez pas tout de même lui cracher dessus !

— Ecoutez, je ne crache ni sur Aragon ni

sur sa mort. Je crache sur ce qui, dans son œuvre, pue la mort. Je pense en l'occurrence à ses recueils nationalistes où il se réconcilie, lui le surréaliste, avec les valeurs les plus négatives, avec l'homme dangereux précisément. Je pense à ces poèmes pétainistes qui encombrent les manuels de français à l'école, vous savez très bien ce que je veux dire.

— Je vous suis très bien, dis-je, et puis les morts, après tout, Aragon, du temps qu'il était un écrivain, nous avait appris à les gifler, n'est-ce pas... Sur ce musique please ! Gainsbourg, *Lemon incest !*

Aragon ! Aragon, Eluard, Prévert. Les poètes préférés des profs du second cycle. Des poètes sacrés, intouchables. Touche pas à mon poète ! Impossible, par exemple, de critiquer Aragon, auteur d'un chef-d'œuvre intitulé *Le Paysan de Paris,* sans s'attirer les foudres d'Anne Le Vergé, professeur de lettres au Collège Notre-Dame-de-la-Frondaison. Anne Le Vergé, la pasionaria du lyrisme pour qui les plus beaux vers de la langue française sont les suivants, des vers d'Aragon précisément :

« Il est un temps pour la souffrance
Quand Jeanne vint à Vaucouleurs
Ah ! coupez en morceaux la France

Le jour avait cette pâleur
Je reste roi de mes douleurs »

Anne Le Vergé m'en veut de les avoir un jour sauvagement maltraités. J'ignorais, à l'époque, qu'elle était fan de Louis. Je faisais un cours en seconde et, voulant, une fois de plus, taper sur l'art engagé, j'avais inscrit au tableau ces quatre vers, accompagnés du commentaire qu'en fait Benjamin Perret dans *Le Déshonneur des Poètes :*

« Un texte à faire pâlir d'envie l'auteur de la rengaine radiophonique française : *Un meuble Lévitan est garanti pour Longtemps.* »

Je n'efface jamais le tableau. Ce jour-là, le Destin voulut qu'Anne Le Vergé me succédât dans la salle 12. Elle entra en souriant. Elle lut en s'asseyant et cessa de sourire immédiatement. Son sang ne fit qu'un tour, le tour de la classe qu'au dire des élèves, elle arpenta nerveusement, elle qui, d'habitude, agrémente son cours d'adorables soupirs et de bonds gracieux. Elle parla de « l'affaire » à droite, à gauche, au réfectoire, ne m'adressa plus la parole et me taxa, auprès d'Ursula Ossi, d'anti-communisme primaire...

XI

— Donc, Monsieur le Ministre nous envoie ce texte, mes chéris ! Voyons, voyons...

Ils avaient tous entre les mains le polycopié que je venais de leur distribuer : un extrait de *L'herbe* de Claude Simon, choisi par le Ministre, envoyé, avec notice explicative du Ministre, aux professeurs de français des lycées et collèges, sous couvert des recteurs et chefs d'établissement. Recteur, recta, rectum, voie hiérarchique, voie naturelle. Claude Simon avait le Nobel. Le Ministre voulait qu'on en cause.

Je m'installai au bureau et sortis de mon cartable, un exemplaire de *L'herbe*, un gobelet en plastique, un tube d'aspirine et une gourde remplie d'eau. Je commençai par ouvrir le tube et commentai, à mesure, chacun de mes gestes. Les élèves se tordaient de rire.

— Vous comprenez, Simon je connais. Ça me fiche des maux de tête terribles. Aussi ai-je pris mes dispositions. Une aspirine, et hop, je dois pouvoir commenter sans trop souffrir. Bon, qui veut lire ? demandai-je, en ouvrant mon livre à la page choisie par Monsieur le Ministre de l'Education nationale.

Une main se leva. La main d'Annie Saurel, élève appliquée et discrète. Elle n'ouvre jamais la bouche, excepté pour lire, exercice qu'elle affectionne et qu'elle maîtrise parfaitement.

— Nous t'écoutons, Annie !

La feuille sous les yeux, les mains posées à plat sur la table, Annie Saurel commença à lire :

— *« On vendit donc maison et champ. Les quelques champs aux avares récoltes... »*

— Stop ! hurlai-je de mon bureau.

Ils relevèrent tous la tête et regardèrent dans ma direction. Une explication s'imposait. Elle arriva :

— Je me suis permis d'intervenir parce que cette phrase, à elle seule, explique l'attachement viscéral du Ministre à la totalité du texte. Vous comprenez, un Ministre de l'Education nationale, ou ça cite personne, ou ça cite Zola ! Et ça, c'est du Zola ! La misère, *L'Assommoir*, Gervaise, Nana, rien que du malheur, le père qui bosse comme un Turc pour éduquer ses pauvres gosses, ses pauvres gosses éduqués voulant à leur tour éduquer d'autres gosses, non, vraiment, du super Zola, des seaux de larmes, des kilos de bon cœur, du carburant pour le Ministre qui se retrouve tout à coup justifié dans sa fonction... Bon, continue, Annie !

Abasourdie par mon flot de paroles et par ma voix qui porte, Annie Saurel eut quelque peine à reprendre sa lecture. Elle trébucha sur les premiers mots, leva la tête vers moi pour me signifier que j'étais responsable de son trouble et repartit courageusement à l'assaut du texte de Claude Simon. Elle avançait péniblement, je le sentais bien. Son index tendu soulignait les mots qu'elle prononçait d'une voix monocorde. Elle trébucha de nouveau. Son œil cherchait un point, un point minuscule, un de ces points noirs que les écrivains, aujourd'hui encore, déposent parfois derrière un mot, afin de stopper leur phrase et de permettre au texte, comme au lecteur, de respirer. Son œil cherchait un point qui ne venait jamais.

— Qu'y a-t-il, Annie ? demandai-je en refermant mon livre.

— J'ai dû sauter un point, ou alors il y a une faute de frappe, monsieur.

— Mais tu n'y penses pas, malheureuse, répondis-je en me signant, comme font les paysannes de Bigorre quand on dit du mal de la Sainte Vierge ! Une faute de frappe, dans la circulaire de M. le Ministre, circulaire lue et relue par Ursula Ossi, non, impossible, je refuse d'y croire ! Quant à l'absence de point, car c'est bien d'absence dont il est question, jeunes sots, permettez que j'éclaire votre lanterne !

J'allai m'asseoir à mon bureau. J'entendais des rires et des sifflets. Marsan organisait la claque.

— L'on se tait ! dis-je en m'asseyant.

Et tous d'ajouter, comme chaque fois que je demande le silence :

— Va-t-on se taire, se tait-on !

Super silence. On pouvait entendre les mouches mâles monter sur les mouches femelles.

— Faisons le point ! Vous cherchez un point, eh bien, il n'y a pas de point, un point c'est tout. Car le point, chers petits monstres, c'est dépassé ! Complètement out ! C'était bon pour Balzac, Giono, Steinbeck, Vian, Gracq, Breton et autres crétins syntaxiques, mais Simon, vous n'y pensez pas, pauvres !

Ils riaient parce que je venais d'imiter la

concierge du Collège. Elle a de gros seins et dit toujours « pauvre » en fin de phrase.

— Vous comprenez, Simon c'est Simon ! Simon, c'est différent ! C'est un auteur exigeant, dixit le Ministre...

Marsan me coupa la parole :

— Mais m'sieur, Simon c'est pas le premier qui touche à la ponctuation, Céline aussi !

— Oui, mais Céline, c'est autre chose. Ponctuation ou pas, Céline, c'est du direct nerf, toujours à bord des tripes, c'est dans la viande, Simon rien à voir... C'est du béton, ce texte, c'est du français châtré, du concassé, de l'aggloméré, un conglomérat de mots, non, rien à voir, c'est mastoc, c'est mastic, c'est massue ! Mais je voudrais revenir sur ce que dit le Ministre.

Je m'étais de nouveau levé. Je demandai à Marsan de relire ce qu'avait écrit le ministre. Il relut :

— J'attache une grande importance à l'attribution du prix Nobel à l'écrivain Claude Simon, prix qui vient consacrer et conforter le rayonnement universel de cette grande œuvre. Contrairement à ce qui a parfois été dit, l'œuvre de Claude Simon n'est pas difficile, elle est exigeante. Demandant beaucoup à l'auteur, elle demande aussi au lecteur ;

mais elle donne en retour, à la mesure de cette exigence.

— J'espère, mes chéris, que vous goûtez le ton : « J'attache une grande importance », répétai-je, en me mettant sur pointes, les bras en couronne, au-dessus de la tête.

Puis dans ma position habituelle, celle du boxeur de syllabes :

— Foutre saint Georges, eût dit mon ami Marcel Schwarz, mais pour qui se prend-il donc ? Je serai clair, mes chéris ! Clair, net et précis ! Le Ministre me gonfle. Boulos !

— Non, c'est vrai ! Hier l'informatique et la Marseillaise, et aujourd'hui Claude Simon ! D'abord un lifting-France profonde, allons z'enfants de la Patrie le Minitel est arrivé, ensuite la modernité comme si vous y étiez, bunker de mots, blockhaus verbal, cancer sans viande, ablations d'organes, mots tassés, coincés, asphyxiants, asphyxiés, langue dévitalisée, ça ne mouille pas, avalanche sèche... Un texte exigeant ? Mais pas du tout ! Breton est exigeant ! Simon n'est pas exigeant, il est opaque, y a pas de son, pas de poumons, pas de souffle ! Y a peut-être du savoir, mais y a pas de saveur ! Et moi je tiens à la saveur salée du savoir ! Voyez-vous, le Ministre nous parle de Claude Simon, à l'heure où je lis Michel Serres...

Je m'étais dirigé vers mon bureau. J'extirpai de mon cartable un exemplaire des *Cinq sens*. Je cherchais la page 129 et, l'ayant trouvée :

— Simon, ça ne swingue pas. Or tout texte doit être musical. Un son personnel, un tempo propre. Ecoutez ceci : « La musique, venue de toutes les Muses, ne peut passer pour un art ; elle somme tous les arts. Aucun d'entre eux ne réussit, à son tour, s'il n'a la musique ; elle garde chacun d'eux et le fait exister. Elle-même retombe dans les notes, le calcul plat, sans elle-même. »

Je refermai le livre de Serres, en me servant de mon index, comme d'un marque page :

— Belle formule, n'est-ce pas ! Allez, prenez une feuille, je vous la dicte.

Marsan regardait sa montre. La sonnerie retentit.

— Marsan, je dicte, sonnerie ou pas ! La récréation, juste après Michel Serres !

XII

J'ai attendu Laure si longtemps. Rien, jamais, n'aura altéré ma patience. Mes rêves les plus anciens, rêves d'avant *Le lait de Lune,* rêves dirigés par ce qui souffle sur nous quand l'œil se ferme, mes rêves les plus anciens, disais-je, m'ont toujours convaincu de son existence. Une existence justifiant ma propre présence ici-haut.

XIII

Coupé du monde et des camions bâchés qui se croisaient dans la rue, à mes pieds, derrière la porte-fenêtre dont le double vitrage me protégeait du bruit, j'écrivais. Je trempais ma plume dans l'encrier de la mémoire. Ecume de mots, crinière d'encre, noir galop des syllabes dans le vent total, je remontais le fleuve, saumon de sons, pressé d'atteindre la source enfantine, *Le Lait de Lune*. Les mots s'épaulaient. Presque pas de ratures. Un tempo visiteur. Je remettais mes pas dans mes pas d'adolescent : « Mon enfance fut une longue course dans les bois, un parcours d'étoiles sur les coteaux humides. J'ai avalé très tôt mon bol de bonheur terrestre. J'ai parlé aux astres, j'ai mangé des fruits sauvages, mis mon doigt dans le cul des fouines, caressé les coqs de bruyère, j'ai branlé bien des truites et embrassé sur la bouche la première rosée. Terre, Mater, ma terre, Terre mère et Terre maîtresse, je fus ton amant le plus inventif, un Petit Poucet semeur d'orgasmes. Souviens-toi ! Ma langue ivre, mes sursauts dans ta boue, ma neige dans ta neige, mes coups de tête contre ta poitrine et — c'était le moment que je choisissais pour prononcer mon nom —, mon frémissant sanglot à ton flanc fragile. Terre, maîtresse, tresses de silex et de lune... »

Je reposai mon pétrolier sur le bureau. Je me levai. J'étais étourdi par mes mots, par leur rythme, par leur jeu sonore. J'étais ivre. Il fallait que je marche, que je fasse les cent pas dans l'appartement. Quelques allées et venues dans le hall d'entrée, une cigarette, un Sauternes puis, de nouveau, le fauteuil, le bureau et les mots. J'étais enceint. Kidnapping biologique. Laure bondit quand j'emploie ce mot. C'est tellement ça, pourtant. Je mettais au monde une autobiographie en morceaux. Puzzle privé. Confession musicale. Percussions, plage. Percussions, plage. Une swing succession. L'essentiel en pièces. Pas question d'accoucher d'un petit roman d'aujourd'hui, roman d'aujourd'hui avec sortie en septembre, Goncourt et petits fours, pas question ! Pas question de participer à la petite rentrée littéraire française, deux cents romans, overdose de merde, vomi mondain, caca partout, remise des Prix, bonne année avec Queffélec et Géant Casino, très peu pour moi. Je suis un écrivain, un serviteur du Beau, un feddayin de la syntaxe. Je suis le Mesrine du mot, je tire à vue, dans la viande et sans silencieux. Je balance *Le Lait de Lune*. Des paragraphes en feu. Des braseros. Des bivouacs éparpillés. Des parcelles de lumière. Le tempo du feu. Les étincelles font un bœuf.

Je fis jouer l'extrémité mobile de mon fume-cigarette afin que le mégot tombât dans le cendrier. Je me passai la main dans les cheveux, avant de m'étirer. Mon texte avançait et j'étais heureux. J'étais chez moi, avec mon pétrolier, avec ma Canon S-60 sur laquelle je tapais les paragraphes que je jugeais définitifs et j'étais heureux. Et je me disais que là-bas, au Collège, personne ne soupçonnait mon activité clandestine. Nul ne savait que, libéré des contraintes de l'emploi du temps, le prof de lettres, celui qui a tous les défauts parce que, de l'avis du Père Elbeuf, il note trop large, se jetait à corps perdu dans la mer du langage. Personne ne le savait, excepté Jacques Rémi, anarchiste tendance Leica qui, de temps en temps, passe chez moi pour me montrer ses boîtiers. Jacques Rémi enseigne l'histoire et la géographie, amène ses élèves au Mas d'Azil, à Verdun, et collectionne les appareils Leica. Jacques Rémi est grand et mince, adore sa mère, déteste faire cours le lundi matin, et à table, bouffe égoïstement toute la salade. Son salaire part chez Leica. Sa collection de boîtiers est impressionnante. Le soir, avant de se coucher, il actionne tous les déclencheurs. Si j'ai bien compris, le doigt appuyant sur le bouton provoque le déplacement latéral d'un rideau en caoutchouc, une sorte de capote ultra-sensible, entraînant l'obturation totale de la fente ; l'opération s'effectuant dans un silence quasi permanent, à peine froissé par le bruit du rideau, identique selon Jacques Rémi au bruit que fait, quand on la ferme, une portière de Cadillac.

Quand il passe, je l'invite à manger. Il me montre ses plus récents clichés, je lui lis mes pages encore fumantes. La première phrase du *Lait de Lune*, la branlette inaugurale et native qu'elle raconte, lui a beaucoup plu. La main au service de l'imagination, disaient les surréalistes...

— Tu devrais faire un roman sur le Collège, me répète-t-il souvent. Notre-Dame-de-la-Frondaison, c'est plein de mecs tellement typés, tu as de super portraits à faire, un sacré roman à clés.

Un roman sur le Collège ! Il faudra que j'y pense sérieusement. Un portrait au vitriol d'Ursula and Co., histoire de laver le linge sale en public, comme dit si bien Jean-Edern Hallier... Des portraits bien torchés, le flash en plein dans la gueule, silence on tourne, c'est parti mon kiki, en plein dans le bide ! Je vois d'ici le résultat : best-seller sur place. Plus de cent exemplaires vendus à la Maison de la Presse du coin. Du jamais vu, presqu'aussi bien que *La Valise en carton*. Chaque prof achèterait son exemplaire sans le dire, manière de voir s'il est dedans. Il y serait. Epinglé. Naturalisé. Visible. Fait comme un rat. In the box of the book. Pas moyen de s'échapper, ni d'échapper aux moqueries des élèves. M'sieur, on vous a reconnu ! Croyez-moi, je peux compter sur la cruauté des gosses. M'sieur, on vous a reconnu ! Et vlan, sur la gueule, de bon matin, en entrant en classe ! M'sieur, on peut le lire en classe, m'sieur, ça serait super, m'sieur, pour une fois qu'un prof fait un livre ! Et vlan, sur la gueule, pas moyen de se débiner ! Eh m'sieur, on pourrait étudier le passage où le héros tue sa directrice à coups de compas, c'est super marrant ! Car, vous vous en doutez, Ursula Ossi serait au centre du récit, en chair et en os. Au rasoir,

Ursula Ossi ! En plein dans la carotide ! Pas de quartier ! Sus au pouvoir ! Ursula Ossi, alertée par son fan club, entendez Anne Le Vergé et le Père Elbeuf, achèterai un exemplaire par correspondance avec envoi discret. Pas question que je le sache ! Surtout ne pas me faire plaisir ! Elle lirait et tomberait effectivement sur elle. Catastrophe ! Sa vie passée au peigne fin, son goût maladif du pouvoir, son autorité, sa froideur, son absence de cœur, son manque d'humour, son sourire ! Côté pouvoir, je ne puis rien, mais côté sourire, sans le vouloir, Jacques Rémi m'a peut-être suggéré le moyen de le lui faire passer. A nous deux, connasse !

XIV

J'avais promis de vous parler d'Alexis Lagalaye : allons-y ! Il est donc directeur du premier cycle. Sa stature, comme son ambition, est locale. Alexis Lagalaye veut réussir dans le département. Il fait de la politique. Il est déjà conseiller municipal et maire-adjoint à Barbazuc-Rivière, à vingt kilomètres de Lannemezan. Il songe à devenir maire. Pour ce faire, il se défonce depuis dix ans. Il serre toutes les mains, va chez les vieux, fréquente les Monuments aux Morts, connaît personnellement l'évêque et monte souvent à Paris au siège du Mouvement, ce qui, au Collège, impressionne les trois ou quatre pimbêches qui, au réfectoire, partagent toujours sa table. Elles mangent toutes en tendant l'oreille. Surtout Simona Pataruc, prof d'italien qui, de face, ressemble à un petit cochon, et, de profil, à un autre petit cochon. Assise, l'imperméable posé sur ses épaules pour faire distinguée, elle écoute les récits d'Alexis, en avalant des rondelles de saucisson. Simona Pataruc adore la charcuterie. Chaque fois qu'Alexis, mains jointes et paupières baissées, fait des révélations sur l'avenir du département, elle se penche vers lui, opine maintes fois du chef et, dès qu'il a fini de parler, jette un coup d'œil derrière elle, aussi discrètement que possible, afin de s'assurer que personne n'écoutait. Le soir, de retour chez elle, elle attend d'être à table pour expliquer à son mari, lecteur impénitent de *Midi Olympique,* que le département aussi connaît la crise et qu'il faut dire la vérité aux Français.

A Barbazuc-Rivière, Alexis Lagalaye a fait sa place. Le maire lui a notamment confié les affaires culturelles de la ville et l'a fait nommer Président de *Pétanque & Fusil,* association régie par la loi dite de 1901. Sa mission est de promouvoir à Barbazuc l'esprit sportif et patriotique. Alexis Lagalaye assiste à toutes les cérémonies commémoratives, débloque les fonds pour l'achat des gerbes et l'entretien des drapeaux, et anime avec Léon Casenave les célèbres *Jeudis de Barbazuc.* Tous les premiers jeudis du mois, et ce pendant trois mois, Barbazuc reçoit un invité vedette, pour une soirée poétique, musicale ou scientifique. L'année de sa prise de fonctions, Alexis Lagalaye n'a pas craint de placer la barre un peu haut : Poésie avec Michèle Torr, musique avec la fanfare du Ier Régiment de Hussards Parachutistes, science avec Jean-Claude Bourret pour son livre sur les OVNI. Alexis Lagalaye avait, il est vrai, préalablement et amplement commenté ses choix dans les colonnes du *Départemental* : « Je ne suis pas élitiste, je choisis la qualité, c'est tout... »

Alexis roule beaucoup. Il n'est jamais chez lui. Rencontre par-ci, réunion par-là, toujours sur la brèche. Alexis Lagalaye, un jeune homme auquel le dynamisme tient lieu de personnalité et qui monte dans la hiérarchie locale du Mouvement.

Alexis Lagalaye s'habille correctement, presque avec recherche et, depuis qu'il est directeur du premier cycle, entre au réfectoire par la porte, comme tout le monde, mais s'arrête au milieu de la salle, comme lui seul sait le faire. Il reste un instant immobile, le menton en l'air comme un chien d'arrêt flairant le gibier, ou comme un clébard plus ordinaire pris d'une soudaine, quoique légitime, envie de pisser. Ensuite, conscient d'avoir été vu par tous, il se dirige vers la table où l'attend Simona Pataruc, en feignant d'ignorer le bruit sec des déclencheurs photographiques qui, de toute évidence, accompagne son entrée.

XV

Je ne roulais pas vite, j'avais éteint l'autoradio et je rejoignais le Collège. Autour de moi, quatre mille hectares de landes, et, longeant par endroits la route grise, les immenses structures métalliques noires, enserrant au bout de leurs bras maigres les câbles à haute tension. Quelques maisons basses, des chevaux auréolés de leur propre haleine, le soleil froid, l'herbe luisante et blanche. Personne sur cette route étroite et gelée, qu'empruntent, chaque jour, les 504 diesel des professeurs du Collège. J'étais parti très tôt. J'étais donc seul sur cette lande maudite, la Lande du Bouc, haut lieu de la sorcellerie, territoire aigu et vide. Je m'aventurais seul sur ces terres inhospitalières, je traversais lentement ces hectares de ronces, pareil aux pèlerins de Saint-Jacques que détroussaient jadis, avant de les assassiner, les hordes de brigands. Mais moi je ne cours aucun danger. J'éclate d'un rire terrible. Car je suis de la race des brigands. Je suis leur descendant direct et secret, leur bâtard fidèle et cruel. Je vous l'ai dit plus haut : ce pays est mort. Plus d'aventure. Nous fûmes brigands, aventuriers en Louisiane, danseurs de tango à Buenos Aires et nous rêvons de finir CRS ou Préfet. Mais moi j'éclate d'un rire terrible. Car je sais que tout n'est pas perdu : reste la Lande du Bouc. Le vent souffle sur elle comme sur une cendre chaude. La flamme jaune brille dans l'œil du crapaud. Et moi, qui, dans les Baronnies, terres vertes et grasses, empale impitoyablement les dernières bergères, membres de la tribu des néoruraux, adolescentes à la croupe maculée d'écume adolescente, je fomente, ici, sur la Lande du Bouc, l'insurrection des crapauds géants. La langue gasconne regorge de mots pour désigner le crapaud. *Sapo* et *Harri* dans nos montagnes, avec accent tonique sur l'avant-dernière syllabe. *Chirpe* au fond des landes, chez Bernard Manciet, prononcez *tchirpé*. Je descends du crapaud. Quand j'étais gosse, ma grand-mère me faisait sauter sur ses genoux, en fredonnant : « *Harri, harri, chivalet, per la lana d'Escobet, quan i passa bueus e vacas, e garias dab savatas e capons dab esperons, harri tu qu'es moquiros !* » Harri tu ! Je fus *harri*. Je bavais comme un *harri*. J'ai vécu accroupi comme les *harris* (n'oubliez pas l'accent tonique et prononcez fortement le « s » final) et, j'y pense tout à coup, je n'aurais pas supporté les couches Pampers. Surtout pas Pampers ! Rien entre la peau blanche du ventre et les feuilles ! Direct terre ! Comme les *harris* ! Je veux devenir *harri* que je fus : ventre et boue, tête et brumes.

L'insurrection des crapauds géants ! Je n'en parle à personne, me dites-vous ! J'éclate d'un rire terrible. Mais, bite d'âne, à qui voulez-vous donc que je me confie ? Avec qui partager ce rêve vital ? Avec les gardiens de la langue gasconne. Jamais ! Regardez-moi ces loques, ces puristes, ces flics ! Les Félibres : des pétainistes, des passéistes, des obsédés du béret, des connards édentés, gâteux, séniles, des adeptes du « bon vieux temps », des inconditionnels du « coin du feu », des fossiles, un immonde musée Grévin gascon ! Il faut les aider à mourir, je le dis tout haut ! Qu'on les pousse dans l'escalier, qu'on leur coupe le chauffage à l'hospice ! Pas de compromis avec ces mecs qui se font dessus ! S'il faut mourir, que ce soit d'une mort splendide, en plein soleil, le cœur rongé par un vers luisant !

Et les militants ! Les militants occitans ? J'éclate d'un rire terrible ! Les gentils militants, le SAMU occitan, je les ai connus à la Faculté ! Je me souviens de leur gueule rance, de leurs gros pulls tachés, ils étaient écolos, ils sentaient sous les bras, avaient les cheveux collés. Leurs femmes étaient maigres, fumaient des gauloises sans filtre, ne se maquillaient jamais, ne portaient jamais de soutien-gorge, leurs poitrines étaient tristes et basses. Un ramassis de petits couillons : trois slogans, quatre affiches et *volem viver au païs*. Ah les taches ! Quand ils n'étaient pas au chevet d'une langue qu'ils massacraient derrière leurs gencives pourries, ils cherchaient sur des cartes routières la capitale de l'Occitanie. Ils hésitaient, les pauvres. Toulouse, Carcassonne, Montauban ? Ils étaient joliment patriotes, ces minus ! Et le patriotisme, fût-il teinté de révolution, c'est la mort ! Et moi je crois à la vie, à la Lande du Bouc, au vent sur la braise. Je vous promets, moi Bébé d'Oc, de beaux plasticages, des préfectures en feu, un désordre éternel, je vous promets de grands naufrages, l'abordage des plus lourds galions. Le tic-tac de ma bombe parle d'un monde d'avant les patries. En ce temps-là, chaque hiver, nous pillions Toulouse, nous chevauchions des chevaux sauvages, nous inventions le viol qui est l'amour de la vitesse, nous allumions des feux en plein vent, nous parlions le gascon qui est le patois des loutres, des femmes se donnaient sur des rochers imbibés de soleil, leurs membranes — miroir de pluie — étaient craquantes comme des dragées. Non, je ne parle jamais de ça à personne, mais de ça Laure me parle. Car Laure, femme superbe et sophistiquée, est à la proue du plus lointain navire, et, d'un revers de fard, cosmétique et cosmos, elle salue le dieu le plus ancien.

La Lande du Bouc. Des sorciers, des sorcières et celle dont on ne parle plus, celle que l'Eglise romaine poursuit de sa haine apostolique : la déesse Fellassia.

La déesse Fellassia, dit la légende, les nuits de pleine lune, taillait des pipes aux bergers pubères. Le rituel était fort simple. Elle entrait, de nuit, dans la cabane de branches du jeune berger qu'elle avait choisi. Elle lui caressait le front tout en le débarrassant de son fourreau phallique. L'adolescent, réveillé, plongeait ses yeux dans les yeux purs de Fellassia, laquelle achevait de le déshabiller avant de le savamment sucer. Fellassia rejoignait alors, au fond du lac, sa demeure de schiste et d'eau, et vomissait, sur sa couche d'algues, l'humaine semence qu'elle avait goulûment avalée. L'eau du lac ainsi fécondée, toujours selon la légende, donna naissance à ces poissons argentés dont le ventre blanc et nacré coupe en deux l'eau fraîche des torrents.

L'Eglise catholique, dès le Moyen Age, partit en guerre contre la déesse Fellassia, et contre le culte populaire qui lui était rendu. Les fontaines sacrées où les jeunes bergers venaient prier Fellassia afin qu'elle les visitât, furent déclarées maléfiques. Les parchemins sur lesquels étaient inscrits, en langue gasconne, les poèmes érotico-mystiques que les jeunes filles vierges récitaient au cours des cérémonies d'initiation furent brûlés sur la place de Castelnau-Magnoac, en 1219. Les cérémonies d'initiation duraient sept nuits, les sept nuits précédant celle du solstice d'été. Sept nuits durant lesquelles les jeunes filles vierges apprenaient l'art de la pipe. Elles s'entraînaient sur des baguettes de châtaigniers, reproductions exactes du sexe masculin en érection. La nuit du solstice, chaque tribu allumait un feu sur la Lande du Bouc et dansait autour du Grand Os Noir, immense phallus en acacia, totem superbe et noirci de fumée, que l'on saluait par des chants et des vociférations obscènes. Les danses finies, dans le silence retrouvé, à l'heure où blanchit la campagne, les bergères taillaient des pipes aux bergers.

Ce culte typiquement gascon a disparu, ou ne survit plus qu'à travers quelques pratiques de sorcellerie, du côté de Monléon-Magnoac. Le culte a disparu, mais la déesse Fellassia hante encore les chaumières. Les psychanalystes estiment que la forme éminemment phallique du Rocher des Pyrénées, succulent gâteau cuit au tourne-broche, renvoie au culte de Fellassia. Une étude sociologique, récemment publiée, a également démontré que, dans les années soixante, Serge Gainsbourg a proportionnellement vendu plus de *Sucettes à l'anis* à Lannemezan qu'à Paris...

J'empruntai le chemin mal goudronné qui mène au grand parking du Collège. Je reconnus Alexis Lagalaye. *Le Départemental* sous le bras, il surveillait l'arrivée des cars de ramassage scolaire. Je l'observai un bref instant avant de descendre de ma voiture. Il regardait nerveusement sa montre, faisait semblant de tousser, invitait quelques élèves à presser le pas et, d'une main experte, réajustait le nœud de sa cravate. Son nœud de cravate n'est jamais de travers mais Alexis Lagalaye le vérifie toujours. Un acte existentiel, sans doute...

On frappait à la vitre de ma Lancia. C'était

Marsan. Je ne l'avais pas vu arriver. J'appuyai sur le bouton qui commande électriquement la descente des glaces. Marsan avait l'air préoccupé.

— Qu'est-ce qui t'arrive ?

— Bé, voilà, c'est pour l'interro de français, on n'a pas eu le temps de bosser, alors on voudrait vous demander de la reporter !

— Je vois ! Le problème, c'est que je n'ai pas amené mes cours, je n'ai rien prévu, tu comprends ?

— Nous, si ! répliqua Marsan en se tordant le bras.

— Ah bon ! Explique-moi ça !

— Bé, y a Cioran qu'a sorti un nouveau bouquin, on pensait que vous pourriez nous parler de Cioran !

XVI

— Gilbert, encore merci d'avoir accepté ce direct téléphonique ! Ton concert à Pau, c'est pour bientôt, dans quinze jours exactement, Radio Tripot sera là évidemment ! On se quitte en écoutant *Hello Boby*, c'est un hommage à Boby Lapointe, et c'est extrait de *L'Année du Rat*, ton tout dernier album. Salut, Gilbert !

Je retirai mon casque, direction la régie. Freddo me tendit le combiné. Je remerciai Gilbert Laffaille, une dernière fois, avant de raccrocher. Freddo était satisfait. Gilbert Laffaille en direct, à quelques heures de sa dernière au Théâtre de l'Escalier d'Or à Paris, et à deux semaines de son passage à Pau : le scoop !

Je regardai ma montre : onze heures cinquante-six !

— Derrière Laffaille, tu envoies le générique. Je me casse !

— O.K. ! répondit Freddo, tu embrasses Laure...

Laure m'attendait à l'Hôtel Continental. J'avais quitté la chambre à dix heures pour rejoindre les studios. Laure dormait. Elle avait dû prendre son petit déjeuner à onze heures et suivre l'émission dans son bain, en chantonnant *Le Mâle Aimé*. Laure aime beaucoup les chansons de Gilbert Laffaille, *Neuilly blues* bien sûr, mais aussi *Gilou* ou encore *La Chine*.

La pluie froide. Je courus jusqu'à la voiture, avec mes disques sous le bras. Contact. Essuie-glaces. Autoradio. Allume-cigare. Cigarette. Cendrier. Direction le Continental. Marcel Schwarz, descendu de Lille pour trois jours à peine, devait nous y retrouver. Marcel a enseigné à Muret pendant deux ans, en qualité d'auxiliaire, avant de passer l'agrégation. Reçu, il a été nommé dans le Nord. Pas de retour à Toulouse avant dix ans. Il le sait.

Il m'attendait au bar de l'hôtel. En me voyant, il ajusta son monocle imaginaire, se redressa, dit « Ach ! » et me serra la main. Tempes rasées, menton toujours relevé, pantalon toujours dans les bottes, Marcel Schwarz se prend pour Eric von Stroheim. A Toulouse, à la fac, son look original dérangeait les gauchistes qui faisaient la révolution dans le hall d'entrée de l'U.E.R. de Géographie. A ceux qui l'interpellaient, il répondait toujours en allemand. Des insultes aussitôt fusaient : elles faisaient son bonheur. Ach, les manants, disait-il, à qui l'accompagnait, ach, les manants ! On n'accompagnait pas Marcel Schwarz sans se compromettre. J'aimais accompagner Marcel Schwarz qui, politiquement, se définissait comme un libéral devancé. Ce dandy féroce qui lisait Goethe et Céline, et n'écoutait que de la musique punk, fréquentait les putes et, de temps en temps, couchait avec quelques lycéens toulousains. « Je ne couche qu'avec des élèves du privé... », disait-il, pour se faire pardonner.

Laure descendait l'escalier. Nous la regardâmes descendre. Laure, pull Georges Picaud, sac besace, pantalon de cuir. Un pull ample et ras le cou, sans bijou, sans foulard. Un sac besace souple et lisse, sans coutures apparentes. Un pantalon de cuir très chic que je ne lui connaissais pas. Laure.

Laure commanda un porto blanc, Marcel un bourbon. Je commandai une Suze cassis. Marcel offrit des cigarettes blondes.

— Et Saint-Sernin ? demanda-t-il à Laure, en posant son briquet sur la table.

— Comme sur des roulettes ! Je n'ai que des premières « A » et je n'ai pas hérité, cette année, des « A » par défaut...

Que sont des « A » par défaut ? Je vous explique ça en deux minutes ! Je sais, c'est maladroit d'intervenir de façon aussi abrupte. Vous commenciez à goûter le climat, l'ambiance, l'apéritif, paroles feutrées, confort et, vlan, j'interviens manu militari. Je sais, c'est maladroit, pire, c'est impoli. Je sais. Mais je sais aussi que, quand on a quelque chose à dire, il faut le dire. Un petit putsch verbal est parfois nécessaire. Stendhal, lui, ne se gênait pas... Mais rassurez-vous, la ressemblance avec le Grenoblois s'arrête à ce détail. Je ne vous infligerai jamais d'étude de mœurs. Chez moi, pas de longueurs. Je ne suis pas du style à potasser une *Vie quotidienne dans l'Education nationale au temps d'Ursula Ossi* avant d'écrire ma première page. Bon, les « A » par défaut, qu'est-ce que c'est, qu'est-ce qui se passe ? Il se passe que le « A » proprement dit, entendez l'élève ayant un profil littéraire, est sommé de disparaître. L'avenir n'étant pas pour lui, le ministre est contre lui. Qu'il se terre ! Qu'il rase les murs ! Dehors l'amant du Beau, dehors le Monde, dehors le concret ! Overdose de maths, les maths pour tous, hors les maths point de salut ! Conséquence : la première « A » n'est plus celle des fans d'Audiberti et de Tristan Tzara. Elle est un mouroir pédagogique, une espèce de terrain vague, un quai triste et désert où rôdent — il fallait bien les parquer quelque part — des élèves tout ahuris d'avoir raté le train des maths. Ce sont les « A » par défaut...

— La salle des profs du lycée où je massacre une centaine d'élèves par jour, est un lieu d'intense communication, expliquait Marcel, en allumant sa seconde cigarette. Faut voir ça, c'est hilarant ! Le cloporte qui a attrapé l'agrégation ne salue qu'un agrégé, et ainsi de suite... Non, je vous assure, c'est hilarant !

Je restai silencieux. Laure également. Inutile d'interroger Marcel, de lui demander de poursuivre, et, a fortiori, de le faire mousser. Marcel est autonome et performant. Il n'a pas besoin d'un type servile pour faire son show.

— Moi, évidemment, je ne salue personne ! Pas de compromis avec la race humaine ! Et puis je veux la paix. Celui à qui tu as le malheur de dire machinalement « Salut, comment ça va » saute sur l'occasion pour te balancer à la gueule son quotidien sordide et ses malheurs d'homme : « Ma femme a un polype au cul, je n'ai pas fini de corriger mes copies, mon fils a eu un accident de moto, mon chien adore Royal Canin... » C'est insupportable ! Moi, je ne supporte pas, je dis : la paix ! Tu comprends, chaque fois qu'un individu, sous prétexte qu'il est un collègue, t'adresse la parole, c'est ta faculté d'indifférence qui est maltraitée. Je fais mon boulot, mais pas question d'entrer dans la ronde infernale. Pas question de réveiller la concierge qui dort en nous. On débite suffisamment de conneries en classe, pour enfin se taire dans les couloirs... Quel enfer !

J'avais demandé qu'on nous servît d'autres consommations. Marcel allumait sa troisième cigarette. Laure l'observait en souriant. Elle savait qu'il allait se lever d'un bond, en répétant : « Quel enfer ! » Marcel se lèverait parce que ses monologues pleins de soufre, ses décharges cyniques l'excitent, le soulèvent, l'aveuglent. Marcel Schwarz se leva et dit : « Quel enfer ! »

Marcel Schwarz ! Je ne le connais qu'à travers ses provocations. Ses provocations, je ne les comprends qu'à travers ses lectures, Céline surtout. Marcel Schwarz est célinien. La race humaine le fait souffrir. Le désespoir est sa patrie. Il provoque pour moins souffrir.

Laure a raison de dire que nous sommes différents : je provoque pour vivre davantage.

Nous nous étions levés. Nous nous dirigions vers la salle de restaurant. Dans ma main, la main de Laure. Marcel Schwarz réajustait son monocle : le maître d'hôtel venait vers nous.

XVII

— Marsan, passe-moi ton classeur, que je puisse mettre à jour le cahier de textes. Ça me prendra dix minutes, profitez-en pour relire le texte de Le Clézio que vous deviez préparer pour aujourd'hui...

— J'ai pas mon classeur, m'sieur...

— Ecoute, Marsan, tu pourrais de temps en temps amener en français ton classeur de français, tu ne crois pas ?

— Je ne l'ai pas oublié, m'sieur, c'est Mlle Le Vergé qui me l'a pris !

— Ah bon, tu fréquentes cette chère Mlle Le Vergé, maintenant ?

Marsan se mit à rire :

— C'est pas ça, m'sieur, c'est à cause du contrôle de français, y a des élèves de sa classe qui lui ont dit qu'on avait fait le sujet avant, avec vous, alors elle vérifie...

— Je vois, Mlle Le Vergé fait sa petite enquête, bien, bien... Qui a son classeur ? Elle n'a quand même pas ramassé tous les classeurs, Annie ?

Annie Saurel se leva et m'apporta le sien.

Je mourais d'envie de la scalper sur place, en public, devant les élèves, la petite Anne Le Vergé, la ronsardellette, connellette responsable du français en second cycle, la Chantal Goya du contrôle commun à toutes les premières : quatre heures, pas de récréation, un seul sujet, pour le choix duquel je n'avais même pas été consulté, ce qui évidemment m'innocentait dans cette gravissime affaire des fuites...

J'étais en proie à une rage tout intérieure, je feuilletais le classeur d'Annie Saurel, quand on frappa à la porte. Trois coups légers.

— Entrez ! dis-je.

La porte s'ouvrit. Dans l'embrasure, une adorable gosse. Jeans moulants. Ceinture rose. Baskets roses. Badge David Bowie : un vrai sucre d'orge, une Lolita en vadrouille dans le couloir des premières.

— Qui es-tu, que veux-tu, le sait-on ? demandai-je en pointant mon doigt vers elle, à la manière d'Alain Decaux.

— Je voudrais un morceau de craie, s'il vous plaît !

— Pour qui le morceau de craie ? demandai-je en me levant.

— Pour Mlle Le Vergé, répondit-elle innocemment.

Mon sang ne fit qu'un tour :

— Je ne prête pas de craie, ni aux profs de maths, ni aux faux profs de lettres ! Dis-le à qui t'envoie ! A bientôt, ma chérie !

Et Lolita disparut, enchantée, je suppose, d'être au centre d'un incident diplomatique. Un incident de plus, pour tout dire, et qui, soyons franc, m'agaçait plus qu'il ne m'amusait. Il y a deux ans, lors de mon arrivée au Collège, j'aurais bondi dans la classe d'Anne Le Vergé et j'aurais saccagé de mes griffes sa gueule fade. Aujourd'hui, j'étais fatigué. Combattre la mesquinerie est d'autant plus épuisant qu'au moment de l'affronter, j'ai déjà laissé toutes mes forces à communiquer en classe ma passion pour la littérature, et à noircir, chez moi, les grandes pages glacées de mon cahier Clairefontaine à la clarté de ma lampe d'écrivain.

J'ai dégusté, je vous le dis. Petit Poucet semeur de rêves, agitateur chaleureux des boucles adolescentes, j'ai reçu des coups de lacet dans les jambes. Aujourd'hui, je le sais : un passionné n'a même pas sa place dans l'Education nationale, microsociété, reproduction miniature d'un Etat aux mains de la pègre d'Etat. Je nomme ainsi tous les fans des discours sommaires, tous les petits gérants de l'éphémère, tous les briseurs de rêve dont Ursula Ossi est un exemplaire souriant et mal épilé. J'ai dégusté, je vous le dis ! Je suis rentré dans le chou de la vie, muni d'un enthousiasme par lequel Schwarz a prédit que je périrai. Je suis rentré dans le chou de la vie, et, ce faisant, j'ai découvert mon flanc. Ils ont su où porter le fer, je vous le dis. Rappelez-vous, provocateur par goût du vivre, bref, un dandy fragile, l'anti-Schwarz.

Ce nouvel incident — je serai vraisemblablement convoqué dans le bureau d'Ossi — m'incite à vous raconter mes démêlés avec le KGB local. L'année de mon arrivée au Collège, n'ayant pas trouvé d'appartement à mon goût à Lannemezan, je m'installai dans une vieille chambre située dans l'aile du Collège où les professeurs ne vont jamais, celle qui abrite les chambres chauffées des Pères de la Communauté religieuse. Cette chambre devint très vite le rendez-vous de quelques élèves fous de littérature. Lassés des tirades classiques, des insupportables descriptions balzaciennes et de ce que Lautréamont nomme les « jérémiades lamartiniennes », ils venaient goûter là Ionesco, Vian et Breton. Jacques Terré venait tous les jours. Il m'apportait ses poèmes. Nous en étudiâmes quelques-uns en classe. Mes propres recherches l'intéressaient beaucoup. Il avait découvert, chez un libraire, mon premier recueil de poèmes publié aux éditions Traverses, et se proposait d'en faire, en classe, un exposé. Je l'en dissuadai. Il revint à la charge, me proposant cette fois de créer ensemble une revue de poésie. J'acceptai. Ainsi naquit *Charpentes*, revue poétique et trimestrielle. Son père était imprimeur. Il nous aiderait. Pour la diffusion, on s'organiserait. On s'organisa très bien. Jacques Terré vendit le premier numéro à tous les internes. *Le Départemental* donna l'adresse de la revue, FR 3 annonça sa naissance. Une centaine de personnes s'abonna. *Charpentes* prenait son envol dans le canton. Ursula Ossi me convoqua. L'entretien dura vingt minutes. Elle avait entre les mains un exemplaire de la revue qu'elle posa à plat devant elle, avant de croiser les bras. Elle allait parler. Elle parla. Elle n'évoqua à aucun moment le contenu de la revue. Elle ne parla que de son lancement.

— Tu aurais dû me prévenir, avant de t'engager dans cette aventure !

— J'ignorais, Ursula, que tu écrivais des poèmes, répondis-je, si j'avais su...

Elle me coupa la parole en bafouillant, mais, cette fois, réussit à ne pas rougir.

— Tu es dans un établissement qui a ses règles et ses habitudes...

— Mais *Charpentes* ne viole quand même pas le règlement ?

— Justement, justement, dit-elle, en tapotant la table et en baissant la tête.

Chez elle la répétition de « justement » annonce qu'elle a des atouts dans son jeu. Quand tel n'est pas le cas, elle répète « tu ne sais pas tout », formule qui plonge son interlocuteur dans un abîme de perplexité. J'attendais donc l'argument irréfutable, l'incontournable preuve. Elle arriva.

— J'ai vu Anne Le Vergé ; des élèves demandent à leur professeur de français d'étudier cette revue en classe, bref, comme l'a justement dit Anne Le Vergé, tu interviens de façon indirecte dans le cours de tes collègues. D'un point de vue pédagogique, c'est gênant, d'autant plus gênant qu'au sommaire de la revue figure un texte dont tu es l'auteur.

Je ne sus que répondre. J'avais tout prévu sauf ça. Je m'attendais à ce qu'elle me reprochât le contenu de certains textes pour le moins antimilitaristes, ou la présence, page 12, d'un nu photographique, le corps d'une adolescente dont on ne distinguait pas la tête. Entre nous, le corps d'une élève de Terminale C, mais ça, j'étais le seul à le savoir... Je ne pouvais imaginer un seul instant qu'une revue de poésie pût poser, à des professeurs de français, un problème pédagogique d'une ampleur telle, qu'ils soient dans l'obligation de consulter leur directrice, autoritaire prof de maths, qu'aucune recherche esthétique, jamais, ne fera mouiller.

— Je te demanderai donc de veiller à ce que cette revue ne circule plus dans l'enceinte du collège, ajouta-t-elle, en souriant.

Le soir, de retour dans ma chambre, je m'en souviens, j'avais téléphoné à Laure. Je lui avais tout raconté par le menu. Laure avait cité une phrase que Marcel Schwarz nous avait dite un jour : « Dans l'Education nationale, il n'y a pas que le salaire qui t'incite à faire le minimum. »

XVIII

Le cul de Laure. Je t'interroge, tête de momie. Je te sonde, cristal charnu. Parle-moi de moi ! Astre, pomme, paradis, appels de crocs, terre à gencives, électrique salive du bourreau, je lèche, te lèche, je lèche donc je suis. Raie, cul, trous, fente, saxophone, M'sieur Descartes n'a rien compris, c'est dans la chair que tout est dit.

Le cul de Laure. Devant. Je suis aveugle. Le tabernacle est dans la raie. J'ai la queue raide. Je me signe devant le trou. Je communie dans l'orifice.

Le cul de Laure. Tam tam nocturne, Walhalla, jungle, nuit tatouée, silex salace, canyon, savane, pavane, Wotan, bijou nègre, raie, craie, photo de Man Ray.

Le cul de Laure. Périscope, salope, anus et

Nautilus. Je ne dis mot, captain Nemo. Je noue tes algues à mon index. Mobylette, chicane, branlette vaticane, guidons du cul, haleine, baleine. Moby Dick, j'ai le krick.

Le cul de Laure. Pôles, globe, comète carnée, varappe, je lappe, je jappe, pêne, flèche, cible, sable, tout l'univers dans cette raie, terre et ciel et sel et sol, langue pédestre, bouche bée, ma bouche dans la baie, Laure marine, primitive, latine, captive, noyée, ensablée, obscène et purc.

Le cul de Laure. L'orée de Dieu. La raie du Monde. L'or du Dehors.

XIX

— Assieds-toi, je te prie...

De nouveau dans son bureau. Ursula adore convoquer. Ça la rassure, ça lui rappelle qu'elle existe. Quelques mots écrits au feutre sur du papier recyclé plié en deux et agrafé ; on trouve ça dans son casier, salle des professeurs, c'est le signal, branle-bas de combat, annulez tous vos rendez-vous, direction le QG où le grand chef attend. « Je souhaite te voir à mon bureau, mardi matin, entre onze heures et midi. » Tel était le contenu du message me concernant.

Je la remerciai en m'asseyant. Le téléphone sonna. Elle me demanda de bien vouloir l'excuser et décrocha.

— Oui... oui... oui.. oui... oui... oui...

Ursula, c'est ça ! Une succession de « oui »,

lisses, espacés, dits d'une voix chantante, laquelle masque un calcul permanent et glacé.

Comment est Ursula ? O.K., je vous réponds pendant qu'elle est au téléphone ! Un visage plutôt agréable, avec des yeux ronds et de larges trous de nez. Grande mais grosse. De gros seins, un gros cul. Son cul, je l'ai vu une fois. Elle était en pantalon. Elle marchait devant moi. Elle s'arrêta pour dire quelque chose à la bibliothécaire. Elle était arrêtée et son cul tremblait encore sur lui-même, comme fait le flan quand on le démoule. Bref, cellulite, goutte d'huile, culotte de cheval, peau d'orange, toute la panoplie, courrier des lectrices de *Marie-Claire,* conseils du docteur Machin Chouette, clinique privée, opération « Spécial Lipides »...

Elle raccrocha. Croisa les bras. Me regarda. Sourit et dit :

— Une élève est venue dans ta classe et tu l'as renvoyée en lui disant : « Je ne prête mon tampon ni aux profs de maths ni aux faux professeurs de lettres... » J'attends tes explications !

— As-tu ri ? lui demandai-je.

Je pouvais y aller. Elle ne se met jamais tout de suite en colère. Elle se retient toujours. Elle se constipe les neurones, c'est sa stratégie. J'insistai, pour qu'elle explose, pour qu'elle récite sa leçon.

— Je voulais dire que tu avais dû bigrement te marrer quand on t'a rapporté ça...

— Je n'ai pas eu envie de rire, je te rappelle que tu fais partie d'une équipe pédagogique, et tu dois veiller à ce qu'elle puisse fonctionner harmonieusement.

Ursula Ossi commençait sa tirade. Elle a une prédilection pour l'adjectif « pédagogique ». Projet pédagogique, équipe pédagogique, autant d'expressions qui encombrent les innombrables circulaires, qu'elle fait distribuer par Marthe Legras, sa vaillante secrétaire. Quand le Père Asso dirigeait seul le Collège, elles étaient déjà ensemble au syndicat. Elles rédigeaient les tracts ensemble. Ensemble, elles sont passées du tract à la circulaire. Marthe Legras a une place privilégiée dans le cœur d'Ursula. Elle est, pour elle, plus qu'une secrétaire : une apparatchik.

— Ecoute, je ne crois pas qu'un prof de maths se soit plaint. Ce n'était qu'un gag, une galipette verbale !

— Non, dit-elle sèchement, c'est de la dérision et ça, je ne peux le tolérer !

— C'est du rire, Ursula, du rire, un rire qui fait partie de mon *one man show*.

Mon *one man show*. Je lui rappelais, par

ce mot, de mauvais souvenirs. Une pré-rentrée difficile. Sa première pré-rentrée, en qualité de directrice. Je dis bien « pré-rentrée », car les profs rentrent toujours une semaine avant les élèves, qu'on se le dise... Donc Ursula nous avait réunis pour parler effectifs, emploi du temps, mutations, comme le fait n'importe quel directeur d'établissement scolaire. Mais Ursula Ossi a quelque chose en plus. Elle a un projet pédagogique, Ursula. Elle est abonnée au *Monde de l'Education*. Elle lit *Science & Vie. Le Bulletin Officiel de l'Education nationale* est son journal préféré. Tout ça pour dire qu'elle nous avait proposé une « table ronde, par niveau et/ou par matière, le choix restant à définir, avec, comme problématique, le professeur et l'élève, l'élève et le professeur », bref « le rapport à l'autre », comme s'était empressée de dire Anne Le Vergé, qui est toujours la première à comprendre. Je me souviens encore des mots qui avaient été les miens ce jour-là, un feu d'artifice, une bastonnade verbale :

— Une entrée en classe, c'est une entrée en scène. Vos discours, c'est du vent. Il n'y a de vrai que les trente paires d'yeux qui remarquent tout de suite que, manque de pot, vous avez la braguette ouverte... Il faut leur faire un numéro aux chéris, il faut leur branlocher l'âme, sans quoi ils ne retiennent rien, moi je vous le dis. Un cours, c'est un *one man show*. Parfois, on fait un malheur. Parfois, on prend un bide. Et pour prendre un bide, il suffit d'appliquer les consignes données par le B.O. ou les inspecteurs pédagogiques régionaux... Enseigner, c'est débarquer sur la planète des gosses, et sur la planète des gosses, il n'y a de place que pour les contes et pour les souvenirs. Pour leur faire comprendre Baudelaire, je leur raconte qu'il ne fréquentait que les poètes et les putes...

— Ça s'appelle de la démagogie, avait dit Ursula Ossi, qui, depuis quelques secondes, cherchait l'occasion de m'interrompre...

— Ça s'appelle de l'amour ! avais-je rétorqué. Amour des mots, amour du théâtre, amour des gosses, et quand on ne les aime pas, ils le sentent, et quand ils le sentent, on va chercher le Père Elbeuf pour sauver son cours !

La gifle ! Ursula Ossi était devenue toute rouge. Nombreux étaient ceux qui connaissaient l'histoire. A ces débuts, les élèves lui tapaient un boxon d'enfer. Et le Père Elbeuf, à l'époque Préfet de Discipline, assistait à ses cours, pour éviter le moindre chahut. Ursula Ossi a commencé par échouer. Je l'ai constaté : ceux qui choisissent de devenir directeur ou inspecteur, le font, soit pour masquer un échec professionnel, soit par goût du pouvoir. A ce niveau, Ursula cumule...

Elle ouvrit un des tiroirs de son bureau. Elle en sortit un classeur. En couverture, un portrait en couleurs de Jacques Higelin. Le classeur de Marsan.

— Le contrôle commun de français portait sur Sartre ; un sujet bien précis, et tu as traité avec tes élèves un sujet analogue, dans la semaine précédant le contrôle : j'attends tes explications.

— Des explications sur quoi, au juste ? Sur le laps de temps séparant les deux épreuves, ou sur leur similitude ?

— Les autres élèves, notamment ceux d'Anne Le Vergé, ont été perturbés par...

— Pourquoi ? Ils n'ont pas pu copier sur les miens pendant l'épreuve ? ricanai-je.

— Tu te trompes de ton, Christophe, tu te trompes de ton !

Elle affectionne l'expression « tu te trompes de ton », qu'elle emploie toutefois bien moins que « tu ne sais pas tout ».

— Ecoute, où est le problème, je veux dire le problème pédagogique, bien sûr. Le contrôle commun n'est pas un concours. Il n'y a pas de classement. Je ne vois pas ce qui gêne Anne Le Vergé. Que lui importent les notes qu'auront mes élèves ! Mais que t'a-t-elle dit, au juste, je crois que je ne sais pas tout...

— Eh bien, le problème, c'est que les élèves, au niveau de l'épreuve, n'étaient pas placés dans les mêmes conditions !

— Qu'importe, Ursula, il ne s'agit pas d'un concours, il s'agissait de faire travailler les élèves en temps limité, c'est tout. Les miens avaient traité avec moi une question semblable, et alors ! Je vais bien voir s'ils ont su ou non réutiliser ce qui a été dit et fait en classe. C'est très intéressant, d'un point de vue pédagogique !

— Je te demanderais, dorénavant, de tenir compte de la notion d'équipe pédagogique...

— Ecoute, Ursula, tu diras à ta copine qu'elle ne m'avait même pas consulté, pour le choix du sujet ! Salut ! Bon appétit !

J'étais sorti de son bureau en claquant la porte. Travail d'équipe, travail d'équipe, pauvre conne ! Je travaille seul, moi, avec mes élèves. Je ne demande de compte à personne, moi, et je t'emmerde Ursula ! Je fais mon cours, comme je l'entends, toujours dans la viande, et je t'emmerde Ursula ! Je te pisse au cul ! Je te chie au nez, triple conne ! Je t'aurai oui, je t'aurai ! Car je vais l'écrire ce roman sur toi ! Je vais te rentrer dans la cellulite, crois-moi ! Oui, un roman au vitriol, un fût de dioxyne, dirait Hallier ! Son titre : *Portrait de la Pétasse*. Super ! Du Sollers, ce titre ! Du Sollers ! Un titre sollersien ! *Portrait de la Pétasse,* c'est monstrueux !

— Qu'est-ce que je risque ? Le livre marche, j'ai le Goncourt, interviews, conférences, Chancel, Pivot, Ockrent, *7 sur 7, Le Départemental, Le Monde, Le Figaro, Bonne Soirée, Télé 7 Jours, Paris Match, Jours de France, Point de Vue Images du Monde, VSD, Le Chasseur Français, La Vie Catholique, Le Figaro Magazine* et... *Le Jeu de la Vérité* ! J'hésite puis j'accepte. Costume bleu marine très foncé, dentifrice Email Diamant, chaussures blanches, fume-cigarette, un soupçon de barbe, « classieux », dirait Gainsbourg. Côté chansons, à fond dans le show biz : Dalida, Vartan, Sheila, Sardou, Suza. Super taux d'écoute, tous les mongoliens rivés à la télé, un million d'exemplaires vendus. Cinq cent mille exemplaires de mieux grâce à la minute lyrique : Jacques Brel, *Ne me quitte pas,* document d'archives. Ça marche à fond, croyez-moi ! Martin, Sabatier, Lux font régulièrement le coup. *Laisse-moi devenir l'ombre de ton ombre,* ça plaît aux instituteurs et aux P.E.G.C. Pour toucher les parents d'élèves, c'est plus délicat... Cela dit, avec Lama et Mathieu, en principe, on assure ! Pour les questions, pas de problème, j'assure aussi. Je fais la pute. J'suis pas con, je sais très bien que ceux qui téléphonent sont ceux qui écrivent dans le courrier des lecteurs de *Télé 7 Jours*.

— Bonsoir, Patrick, bonsoir, Christophe !

— Bonsoir, madame !

— Christophe, que pensez-vous du succès de *La Valise en carton* ?

Lecteurs adorés, appréciez la réponse ! Démagogie toutes !

— C'est un succès mérité. Linda a écrit un beau livre, un témoignage douloureux. Elle a fait des pages avec de la souffrance. C'est un livre sans artifice, qui colle à la vie, et c'est pour cela que le public l'a choisi, parce que le public choisit toujours la vie !

Je vous dis pas le tabac ! Tout le monde se lève et applaudit. Gros plan sur Linda de Suza qui chiale comme une madeleine, et qui, du coup, vend cinq cent mille exemplaires supplémentaires de son best-seller merdique. Et moi, pute parmi les putes, je me lève, je pleure aussi, et je l'embrasse. Ensemble nous regardons la caméra. Patrick Sabatier nous sourit, il est ému, je dis : « Bravo, Linda, bravo ! » Aussitôt hold-up dans les librairies, on s'arrache mon livre, je signe des millions d'autographes, j'achète une Porsche, une villa à Biarritz, Ursula Ossi devient folle.

XX

Le Petit Marrakech. Le jet d'eau. La brique rose. J'écrivais dans la bibliothèque de Laure. « Des meubles luisants, polis par les ans... » Je rédigeais un article pour la revue *Jazz Hot,* un portrait de Bernard Lubat. *Jazz Hot* préparait un numéro hors série consacré au jazz français, et Gérald Arnaud m'avait confié la page « *Lubat* ». A ce portrait, devait s'ajouter un compte-rendu de *L'Idiome Sandwich,* l'album du grand Sachem d'Uzeste, paru au Chant du Monde. J'étais seul dans cette grande demeure liquide, seul aux commandes du Petit Marrakech. Laure donnait ses cours à Saint-Sernin. Marivaux, Steinbeck, Le Clézio... Elle serait là, à midi. Moi, j'étais malade. Huit jours de repos. Huit jours pour écrire. Certificat médical de complaisance. Je ne supportais plus les mesquineries du Collège, ce cancer quotidien, éminemment rongeur. Les attaques toujours déguisées d'Ursula Ossi, la condescendance avec laquelle le Père Elbeuf parlait de moi à des collègues attentifs, les lâchetés nappées de courtoisie cucul d'Anne Le Vergé me maintenaient sur le qui-vive, et, quoiqu'elles fissent — tout au moins le pensais-je — le régal de mon tempérament hargneux, commençaient à venir à bout de mon énergie et de mon optimisme. J'étais las, et cette lassitude me dérangeait dans ma vie d'écrivain. Au Collège, j'étais trop énervé pour profiter des heures creuses. Au lieu de m'enfermer à la bibliothèque, avec mon cahier Clairfontaine, sur lequel s'inscrivaient les paragraphes disjoints du *Lait de Lune,* je traînais dans les couloirs, dans la salle des profs, en fumant beaucoup. A Lannemezan, dans mon appartement, je faisais les cent pas. Je me servais des Suze cassis, je regardais les copies s'entasser sur mon bureau. Ne faire que le minimum : j'avais peur d'en arriver là.

Je pensais à Marcel, à son terrible « Nous, c'est trop tard ! » Il employait cette expression pour désigner une génération, la nôtre, qui n'aura connu de la société de consommation que les critiques multiples dont elle aura été accablée. Nous, c'est trop tard pour le poème et la Californie. Fin de siècle. Toute la viande interne, tout le sang de l'esprit, stocké, étiqueté, en flacons, en sachets, en barquettes alu, sous vide, prix unique, vérifié, contrôlé, machine à démagnétiser, treize chiffres au bas du paquet. Mais cette mort est sans hoquet, ce poéticide est sucré. En douceur, in the baba, in the Ali Baba. Trigano, ouvre-toi ! Mais Trigano ne s'ouvre plus ! Nous, c'est trop tard. Assassinés, sans même avoir été gavés, canards absurdes. Je ne me suis jamais révolté. Je suis différent de Marcel. Cet assassinat à pas feutrés, Carrefour et Seguela, lui est insupportable. Un quotidien mou, l'Histoire lui passe sous le nez. Pour tout dire, Marcel aurait fait un bon général. Sa révolte résulte d'une nostalgie. La nostalgie des temps héroïques : Eric von Stroheim, Rommel, Marcel Schwarz, Le Graff von Spe... Victoire, échec, qu'importe ! Tout sauf cette absence d'aventure ! Tout sauf cet insupportable SAMU social ! Je ne suis pas Marcel Schwarz. Je ne me suis jamais révolté. Suis-je résigné ? Non ! Mais, à tout prendre, je préfère la caverne d'Ali Baba, à toutes les saloperies historiques du style « Waterloo, Waterloo, morne plaine... » Je préfère la corne d'abondance et le bidet à ces immondes partouzes sanglantes et patriotiques, qui font bander les « bustes à pattes ». Je me suis peut-être trompé. Je croyais la société de gavage sans danger. J'étais ailleurs quoique dedans. En fait, mon socle céleste — je suis l'enfant d'un très ancien silence et d'un câlin de brume —, ce socle que *Le Lait de Lune* a pour mission de reconstituer, me préservait, on ne peut mieux, des sournoises pollutions sociales, dont je découvre aujourd'hui l'existence. Ce qui se passe à Notre-Dame-de-la-Frondaison participe d'un vaste complot. Le complot des cloportes. Je suis incapable de l'ignorer. Je suis incapable du sommeil des plus vieux lézards. Je ne suis pas Cioran. Je vais, autant que faire se peut, le dénoncer. Mais pas au nom des valeurs que défend Paul Guth. Pas question de dire, avec Sartre : *« Les Français n'ont jamais été aussi libres que sous l'Occupation. »* Le complot des cloportes ne me fera pas regretter le complot des tyrans. Je dénoncerai le KGB local, au nom du *Lait de Lune*, au nom de l'ombre et de la lune, au nom de Laure et du vent sous la queue.

Je reposai mon pétrolier, me passai la main dans les cheveux et relus quelques phrases, afin de mieux goûter la justesse de leur tempo. Je marche au gueuloir. Je reste fidèle à Flaubert. Je traque le hiatus. Je gomme les relatifs. Les premiers mots envoient la mélodie. Je m'occupe de l'orchestration et des arrangements. Rythmique. Tissage. Texte. Texture. Vérifications multiples. Je sculpte. Je lime. Je cisèle. Je scelle mon rêve flottant dans le bloc résistant...

Je cherchais, en vain, tout en refermant mon grand cahier Clairefontaine, le paquet de cigarettes. J'avais oublié que j'étais chez Laure. Laure ne fume pas. Il n'y a, sur son bureau, ni cigarette ni cendrier. Mes Dunhill étaient restées dans la cuisine. Je me levai.

Sur le guéridon, devant la fenêtre, un cahier rouge. Le manuscrit inachevé de *La Peau Liquide*. Mon premier roman. Mon cul-de-sac. Mon impasse. Mon échec balzacien. Laure relisait *La Peau Liquide*, je le savais. Laure croit en ce roman. Elle pense que je dois le reprendre suivant de nouvelles perspectives, notamment en disant « je ». Ce « je » auquel j'avais naïvement renoncé sous prétexte que j'écrivais un roman. *La Peau Liquide* : un roman avec un « je » qui joue mon jeu. Laure y croit. Nous verrons.

Le long couloir, sombre et craquant. La poignée ronde de la porte blanche donnant sur la cuisine en rotin laqué. Sie Matic. J'allumai la radio. *Macao*, par le Grand Orchestre du Splendid. Une cigarette. « *Ça sent lé sa-ang, é-car-la-té...* » Les voyants du four étaient allumés. Laure avait programmé la cuisson du rôti. Super cuisine accueillante et blonde, électronique et rotin des Philippines. Sie Matic. Si j'ai le Goncourt, je parlerai des cuisines Sie Matic dans mes interviews. J'enverrai un exemplaire dédicacé au siège social de la firme. Pour me remercier de cette publicité hautement culturelle, ils m'offriront la Sie Matic de mon choix. Je choisirai la Sie Matic en rotin laqué des Philippines. Double page dans *Madame Figaro*. Photo couleurs super léchée. Ambiance super clean. Commentaire super cucul. La photographie me représenterait, assis dans ma cuisine. Tricot Lacoste. Chemise à fines rayures. Cravate en soie. A ma droite, sur la table, une pile de livres, avec le bandeau rouge Goncourt. A mes pieds, un sac postal : le courrier de mes admiratrices. A ma gauche, sur la table, une bouteille de Suze, une d'eau de Seltz, et, sur le mur, au-dessus de ma tête, un poster publicitaire Suze, en sépia. Tous les élèves du collège auraient cette photo sur leur classeur ; Ursula Ossi refuserait de la mettre dans son bureau. La Ligue anti-alcoolique porterait plainte : pas de pub pour l'alcool ! Roland Topor prendrait ma défense dans *Le Canard Enchaîné*. La conclusion de son article : « *Evitons de sombrer dans l'anti-alcoolisme primaire !* » L'adaptation cinématographique de mon roman passerait chez Berlusconi, entrecoupée de pub Dunhill, Suze, Sie Matic, Canon, Mont-Blanc et Dior lingerie fine. Les films, bientôt, seront tous entrecoupés de pub. L'écrivain doit en tenir compte. A lui d'imposer ses sponsors, en les nommant habilement dans son texte, ce que je fais dans ce livre, ou, plus simplement, en jouant des ressemblances et des échos. Exemple : film porno, super soleil, sable, fente, gros plan sur un clitoris, aussitôt : pub pour les cacahuètes Benenuts... Autre exemple : reportage sur les sévices sexuels en Centrafrique, la première lame rase les couilles, la seconde coupe le gland avant qu'il ne se rétracte, aussitôt : pub rasoirs Gillette Mes Deux... A l'artiste, romancier devenu scénariste, de comprendre la poésie de son temps, comme dirait Seguela...

Ce qui m'embarrasse, concernant l'adaptation cinématographique de mon roman, c'est le choix des acteurs. Pour moi, pas de problème. Un beau brun, intelligent, qui écrive et qui danse, ça doit se trouver. Laure est introuvable. Laure vient d'un autre cinéma. Laure est mystérieuse et distante, le feu sous la glace, Laure n'a de place que chez M. Hitchcock. Et ça, c'est fini... Regardez nos stars, plus aucun mystère ! Elles n'arrêtent pas de se foutre à poil. Physiquement d'abord. Ça encore, c'est pas grave, on découvre leurs trous auréolés de lumière et d'ASA, c'est le mystère visible. Ce qui est insoutenable, c'est la mise à poil de l'âme. Elles sont toutes bavardes. Elles se racontent. Elles veulent plaire à la connasse qui, tous les ans, se réabonne à *Femme Pratique*. Pour ça, elles sont prêtes à se trouver des défauts. Quel gâchis ! Quel assassinat ! Aux dernières nouvelles, Adjani avoue ne pas toujours s'aimer. C'est pire qu'un mensonge, c'est une idiotie. Toutes se mettent à poil. Elles brisent sans vergogne le rêve dont elles sont porteuses, mais qui ne leur appartient pas. Il suffit de les voir défiler durant cette pénible nuit des Césars pour comprendre. Il n'y a que Deneuve qui s'en sorte. Deneuve, c'est Deneuve. Mais elle ne peut jouer le rôle de Laure. Laure n'a pas trente ans. Elles ont des éclats distincts, l'éclat d'âges séparés.

La nuit des Césars, c'est la débâcle de la Beauté. Rien ne m'est plus insupportable que d'entendre Sophie Marceau dire « Bonsoir ! » Il y a Charlotte Gainsbourg, heureusement. Charlotte est une enfant. De vraies larmes d'enfant coulent sur ses joues pâles, agacées de mèches. Charlotte est adorable, mais n'a rien de Laure. Si je tombais sous le charme d'une de mes élèves, Charlotte pourrait parfaitement jouer le rôle de cette élève. Mais ça, ce n'est pas dans mon scénario interne... Non, la nuit des Césars, quel enfer ! Binoche and C°, manque de classe. Miou-Miou ? Ah non, surtout pas Miou-Miou, son nom d'artiste pue le café-théâtre. Quelle horreur ! Et puis sa voix geignarde, mini sanglot infernal... Et puis ses déclarations fracassantes et métaphysiques me gonflent. Jugez plutôt : « *Duras, elle a tout compris, cette femme...* » Pas de ça chez moi ! Je les entends piailler, les crétines aux Césars. Pourquoi donc n'attaquez-vous que les femmes ? Et les hommes, espèce de lâche, vous n'avez rien à dire sur les hommes ? Non, mesdames, précisément, je n'ai rien à dire ! Silence total ! Je ne parle que des femmes. Soit, disent-elles, mais la femme a des droits, non ! Ça y est, nous y voilà ! La grande ronchonnerie fin de siècle. Les droits de la femme. La femme, à mes yeux, n'a qu'un droit : le droit de me faire souffrir. Le reste, c'est le discours social, c'est-à-dire Royal Canin, et je ne vais pas me laisser taquiner le prépuce par la bande à Roudy...

A l'évidence, il n'y a que Laure qui puisse jouer le rôle de Laure. Classe, silence et voix. Laure. J'entends son pas. Elle arrive. Je vous laisse...

XXI

Lettre à Laure. Je veux te parler de la pluie. Je t'aime et la voici qui, de nouveau, sur le toit, jette son sac de billes. La pluie. Je veux te parler de son retour, de son chant qui recommence. Laure, connais-tu le tennis des gouttes ?

Les gouttes de pluie. J'étais enfant. J'étais couché. Je les entendais rebondir sur le toit. Les chats dormaient dans le grenier, sur la vieille bâche, derrière des roues de bicyclettes appuyées contre le mur ; des toiles d'araignées pendaient à leurs rayons. Les gouttes de pluie. Elles me tiraient de mon sommeil. Je gardais les paupières closes. Cécité voulue. Le monde entrait dans mon oreille : grosses gouttes s'écrasant sur la boîte aux lettres en fer, averses secouant les volets, mandibules liquides s'attaquant aux tuiles, dérapant sur le zinc des gouttières, sombrant, dissoutes, dans les eaux tumultueuses de la rigole. Les gouttes de pluie. Quand elles touchaient les tuiles au moment où je m'endormais, elles faisaient résonner le monde autour de moi, monde qu'en apparence je quittais, mais auquel je donnais rendez-vous de l'autre côté des terres souples du sommeil. Car dormir c'est courir le monde, c'est être à lui au cœur même de soi.

Pluie d'enfance, très vieille pluie, pluie perdue comme mon visage de gosse, je veux dire mon visage d'homme goûtant sans réserve les odeurs animales du monde, pluie maintenant retrouvée, grâce à toi Laure. T'aimer abolit ce qui me séparait du monde. L'enfance revient. Escarpolette, flaques d'eau, mésange sur son balancier, odeur d'astre et de boue, Agathe, frégate, paradis, Baudelaire. Nos étreintes sont minérales. Laure, dans ta nuque ! Sur toi, maintenant, harnaché de silex ! Le sang se souvient de la pierre qu'il fut. Tu vois, ni guerrier ni petite mort ! Il nous faudra, mon amour, trouver d'autres syllabes, d'autres mots, décrassés, sans joug, élémentaires, à la proue, donnant à voir l'enfance et la forêt dont l'amour est porteur.

Laure, le monde est là, en nous, mal dit par

nos paroles encore soumises au vieux patois humain. Ni sabots désuets ni mocassins modernes ! Fuyons pieds nus comme les volcans ! Proclamons-nous solidaires des attentats du gui !

Je t'aime.

XXII

Je tutoie Ursula Ossi. Ce détail a dû vous frapper. Au collège Notre-Dame-de-la-Frondaison, il existe deux catégories de professeurs. Ceux qui tutoient Ossi, et ceux qui la vouvoient.

La tutoient ceux qui sont entrés au collège, avant qu'elle n'exerce, dans ce paisible établissement campagnard, les fonctions de directrice du second cycle. C'est mon cas. Lors de mon arrivée au collège, Ursula Ossi était un professeur de mathématiques parmi d'autres, avec son cartable en simili cuir, une espèce de sac rigide à bretelles, qui pendait à son épaule, et qui, quand elle marchait trop vite, tapait sur son gros cul. Nous entretenions à l'époque des rapports humains remarquables. Nous nous croisions dans la cour. Quand il pleuvait, nous nous disions : « Il pleut ! » Quand il faisait beau, nous nous disions : « Il fait beau ! » Elle me souriait. A l'époque, je lui souriais aussi.

Un professeur de mathématiques parmi d'autres, mais pas comme les autres. Ursula Ossi, en effet, jouissait déjà de l'estime du Père Elbeuf, ce que personne d'autre n'a jamais pu revendiquer. Elle en jouit encore. Elle est toujours la seule. Ça fait partie de son bonheur. De plus, elle était la patronne du syndicat. Elle s'agitait beaucoup, avec ses deux copines, Julie Dorgan et Claudia Cachot, tracteuses, afficheuses, punaiseuses, questionneuses tout terrain bref, de parfaites militantes. Je ne dis pas de base. Ce serait un pléonasme. Leur but : « transformer les structures du collège au niveau de la direction, chercher une nouvelle définition des rapports directeur/professeurs et professeurs/élèves, s'entendre sur l'existence ou non d'une spécificité du collège au sein de l'espace éducatif, poser la question : qui fait quoi, ici, et pourquoi ici ». Fin de citation. Ce jargon pédagogique, véritable écran de mots, masquait un projet machiavélique, dont les porteuses de valise d'Ursula, ignoraient jusqu'à l'existence : le déboulonnage pur et simple du Père Asso, directeur du Collège, tous cycles confondus.

Aux yeux des copines d'Ursula, gavées de Canigou idéologique et de ronron culturel, le Père Asso était « out ». Le mot est de Julie Dorgan, professeur d'anglais. Il fallait « moderniser tout ça ». La formule est de Claudia Cachot, professeur d'espagnol. Pour Ursula Ossi, le Père Asso était de trop. Il lui barrait la route du pouvoir. Et le pouvoir, Ursula Ossi a toujours rêvé de coucher avec.

En prenant la tête du syndicat, elle devint intouchable et put, sous couvert de pédagogie, combattre le Père Asso, lequel avait transformé cette vieille institution comptant au départ trois cents élèves à peine, en un lycée moderne, dont l'effectif aujourd'hui dépasse le millier. Asso a réussi et s'est fait beaucoup d'ennemis. A l'extérieur du collège. Ça l'occupait. Avec Ossi, il en eut à l'intérieur. Ça le fit choir. Il démissionna. Elle prit sa place dans le second cycle, et Lagalaye devint directeur du premier cycle. Dans trois ans, il aura démissionné ou conduira les cars. Elle, elle s'accroche, s'incruste, prépare le grand putsch final. Ses amis syndicalistes savent aujourd'hui qu'elle s'est servie d'eux. Ils sont à la fois orphelins et cocus. Ursula Ossi est invisible et omniprésente. Elle ne reçoit que sur rendez-vous et dialogue avec les professeurs par l'intermédiaire de circulaires que Marthe

Legras fixe docilement avec des punaises sur le panneau central du tableau d'affichage, communément appelé « babillard ». Le syndicat n'a plus d'adhérents. Claudia Cachot et Julie Dorgan s'occupent d'Amnesty International, et le Père Asso de l'entretien de la chapelle.

XXIII

— Il est onze heures passées de trois minutes, à la pendule de Radio Tripot. Vous entendez, en fond sonore, *La Girafe Mambo* de Guem et Zaka Percussions. C'est l'indicatif d'*African Cebar,* la jungle de la musique et la savane des mots. Ce matin, je n'ai pas d'invité, simplement quelques livres, et des coupures de presse, que je vais décortiquer en votre compagnie. Voilà. Je vous laisse avec mon indicatif. Je vous retrouve dans quelques minutes...

Quelques minutes, le temps de mettre un peu d'ordre dans mes affaires, livres, journaux, courrier, que j'avais jeté sur la table en m'installant au micro de Radio Tripot, la FM in, qui arrose Pau, du haut des coteaux de Saint-Faust...

— Pas d'invité, disais-je, à l'instant, mais un coup de gueule pour commencer cette émission ! J'ai sous les yeux un article du *Figaro*. Je lis le titre et le chapeau : Philippines : « Le duel passionné de Ferdinand Marcos et de Cory Aquino, la “ petite dame en jaune ”. Au pouvoir de plus en plus surréaliste du président en place, s'oppose la coalition groupée autour de Mme Aquino et de l'Eglise. » Rassurez-vous, je ne vais pas me lancer dans une étude politique de ce qui se passe aux Philippines. Le bal des peuples et des tyranneaux, les « farces sanglantes » dont parle Cioran, ne m'ont jamais inspiré le moindre mot. Je veux simplement prendre la défense d'un adjectif kidnappé, violé, massacré, assassiné par le premier quotidien national de France, l'adjectif « surréaliste ». Je suis horrifié de constater que ce mot céleste, forgé par Apollinaire, et qui renvoie au mouvement poétique et mental le plus important de ce siècle, puisse être récupéré sans vergogne par un journaliste dont le métier consiste à nommer la vie dans ce qu'elle a de plus sordide. On invoquera l'usage ! Je n'accepte pas le patois des chiens ! Employer l'adjectif « surréaliste » au sens de « bizarre » et de « fantaisiste » est absurde. Je ne connais pas d'écrivain plus rigoureux qu'André Breton, ni de pensée plus aiguë que la sienne. Associer le nom de Breton à celui de Marcos est on ne peut plus insultant pour l'auteur de *L'Amour fou*, qui, quand il écrivait, ou quand il n'écrivait pas, crachait sans cesse à la gueule du Maître... Claude Nougaro : *Armé d'Amour*...

— *Armé d'Amour*, un texte de Claude Nougaro, dit par Claude Nougaro, sur un thème de Schumann, interprété au piano par Maurice Vander... Quelques livres ! Pour commencer, aux éditions Encoches, *Cookies et Desserts* aux USA, par Birgit Meiner. Elle est américaine et nous dit que les « cookies » restent le goûter préféré des enfants américains. Rien à voir avec le « fast food », précise Birgit Meiner. Elle nous dit aussi qu'il existe deux sortes de « cookies » : les petits fours bien connus et perfectionnés par les Français, et puis, d'autres « cookies », moins raffinés, mais, paraît-il, tout aussi délicieux. En tout cas, les enfants américains préfèrent ces « cookies »-là. Et ce sont ceux-là que Birgit Meiner a retenus dans son livre, paru, je le rappelle aux éditions Encoches. J'envoie *La Complainte du Progrès* de Boris Vian, version Bernard Lavilliers, pendant ce temps vous prenez un papier et un crayon, et, dans quelques minutes, une recette...

Casque sur les oreilles, je feuilletais le livre

de Birgit Meiner, à la recherche d'une recette facile à lire, et facile à faire. Page trente, *Fruit Rocks,* c'est bon ! Je refermai le livre, en usant de mon index comme d'un marque page. Lavilliers finissait sa chanson. Le voyant rouge se mit à clignoter.

— *Fruit Rocks,* c'est parti ! Il vous faut trois bols. Dans le premier, qui doit avoir la taille d'un saladier, vous mélangez 300 g de farine, une pincée de sel, 500 g d'ananas confit, 500 g de dattes hachées, et un kilo d'un mélange de noix, noisettes et noix de macadémie... Macadémie, moi connais pas. Je répète, farine, 300 g ; pincée de sel ; ananas confit, 500 g ; dattes hachées, 500 g ; plus un kilo d'un mélange de noix, noisettes et noix de macadémie. Passons au second bol ! Vous mélangez 50 ml d'eau, 2 cuillerées à café de levure chimique, et pour le reste, c'est facile, ça marche à la cuillerée à café, et nous disons, une cuillerée à café de clou de girofle en poudre. Dernier stade, vous mélangez ce succulent liquide à la pâte à beurre et aux dattes et aux noix de macadémie, ça me plaît ça, noix de macadémie... La cuisson maintenant ! Une plaque graissée, vous disposez en petits tas, 15 minutes au four, à four moyen, et la recette donne une centaine de *Fruits Rocks...* Je rappelle le titre de l'ouvrage : *Cookies et*

Desserts des USA, chez Encoches. La semaine prochaine, je vous donnerai les recettes de cocktails, signées Boris Vian, et tout de suite, *La Salsa du Démon*, c'est le Grand Orchestre du Splendid...

— La collection *Poésie & Chansons*, publiée par les éditions Seghers ! J'ai déjà eu l'occasion d'en parler au cours d'*African Cebar*. Une collection, à mon avis, un peu poussiéreuse. Construction, maquette, style, mouvement des volumes, tout cela mériterait plus qu'un lifting, une refonte. Il y a pire ! Voici que la collection se nie elle-même en publiant un Michel Sardou... Ou le mot *poésie* n'a plus de sens, ne sert plus qu'à désigner un superficiel frisson, et l'on ouvre la collection à tous les écœurants connards qui encombrent le marché du disque, ou bien le mot *poésie* a un sens profond, désigne une langue sculptée dont le contenu est à hauteur d'homme, et ce livre est une imposture... Puisqu'il est question de chanson, une information ! J'ai reçu un courrier de l'Association *Chanson Française en avant*. Il s'agit de défendre la chanson française. Je ne participerai pas à ce genre de combat. Le ton me gêne. Chanson française en avant, c'est cocardier, c'est patriotard, et tout de suite, je dis non ! Au ton viennent s'ajouter d'étonnants parrainages. Participent à ce combat, Dalida et Macias, entre autres. Ne manque plus que Jean-Jacques Goldman... Bref, la chanson française, défendue par ceux-là mêmes qui l'ont assassinée, ou qui l'assassinent du dedans, à coups de tubes et de mièvreries. Je ne défendrai, ici, à cette antenne, que la qualité, française ou non, et qui plus est, sur un ton gourmand et non militant. Lou Reed, *Walking on the wild side*...

XXIV

Le vent à coups de poings dans les nuages. Mémé, dans sa tombe ouverte. M. le Curé bénit le cercueil : « Souviens-toi que tu es poussière... »

Je ne pleurais pas. J'étais si loin du mot poussière, si près des feuilles, des pierres et de la neige. Souviens-toi que tu es feuille, pierre et neige, voilà ce que j'entendais, voilà ce que m'avait enseigné ma grand-mère, morte dans la lumière blanche de l'hiver. Morte, c'est-à-dire, feuille parmi les feuilles, pierre parmi les pierres, neige parmi les neiges.

Mémé est morte à Aureilhan, dans ma chambre, et je l'ai vue mourir. Ma mère m'avait téléphoné au Collège. Mémé était passée chez nous, comme tous les jours, avec son pot au lait. Au moment de repartir, elle avait eu un malaise. Ma mère l'avait allongée sur mon lit, dans ma chambre. Le docteur l'avait mise sous perfusion. Quelques heures après, elle se paralysait d'un côté. Hémiplégie.

J'avais quitté le Collège immédiatement. J'avais laissé un mot dans le casier d'Ursula Ossi. Pour lui signaler mon absence, son motif, sa durée.

Mémé était dans ma chambre. Elle avait la bouche tordue. Je lui parlai à l'oreille. Elle me demanda si l'on avait payé le médecin. Elle parlait comme on parle quand le froid paralyse les lèvres. Ma mère pleurait dans la cuisine. Je m'assis sur la chaise en paille à côté du lit. Elle me vient de ma grand-mère paternelle, morte dans sa maison de Larreule, voilà plus de dix ans. J'étais interne à Paris et n'avais assisté ni à sa mort ni à son enterrement. Je tiens beaucoup à cette chaise. Ma mère le sait. Elle est en permanence dans ma chambre. J'avais été la chercher moi-même, à Larreule, avant que les sœurs de mon père ne l'obligent à vendre la maison, avec les pommiers biscornus, les rosiers grimpants et le jardin donnant sur la rivière. Mon père y pêchait. Ma mère avait peur qu'on s'y noie.

Dans l'après-midi, Mémé allait mieux. Le mieux de la mort, dira plus tard un de mes oncles... Son état empira dans la soirée. J'étais dans la chambre, avec le médecin, et mon oncle Laurent, le frère jumeau de ma mère. J'étais debout contre la fenêtre. Mon oncle Laurent, à genoux au pied du lit, tenait la tête de mémé dans ses bras. Elle mourait doucement dans mon lit. Le médecin sortit une seringue et s'approcha d'elle. Je crois bien qu'il ne parvint pas à la piquer. Mon oncle baissa la tête : Mémé venait de mourir. Le médecin pratiqua aussitôt un massage cardiaque. Il tapa sur la poitrine de ma grand-mère à coups de poings. Des coups de poings violents et rapprochés. Elle se mit à râler, son corps secoué de spasmes rebondissait sur le lit ouvert, sa bouche horriblement tordue prononçait des mots incompréhensibles, ses yeux étaient exorbités, son bras se levait vers le ciel, retombait, puis se relevait aussitôt, comme pour dénoncer cet orage imprévu. Elle poussa un cri rauque et mourut une seconde fois.

Je ne pleurais pas. Je la revoyais à Aureilhan, avec sa veste en laine des Pyrénées, son chignon bas, ses yeux malicieux, ses poings toujours fermés. Entreprendre était son occupation favorite. Elle détestait l'oisiveté, la Sécurité sociale, jugeait scandaleux le versement des allocations familiales aux fonctionnaires et pensait que l'absorption des médicaments était responsable de nombreux cancers. Elle adorait ses petits-enfants, aimait s'occuper des vignes et, à la mairie, ne parlait qu'avec Adrien Bousquet dont elle partageait l'idéal politique.

De tous ses petits-enfants, je suis celui qui l'a le plus fréquentée. Je suis né dans sa chambre. Elle m'a appris les noms d'oiseaux en gascon. J'ai reçu d'elle les sonorités barbares et crues de ce parler qui, dans les rues d'Aureilhan, croisait le français du facteur, l'espagnol des maçons, et le « niakoué » de sous-officiers en retraite qui avaient ramené d'Indochine des femmes jaunes. La foire aux mots ! Le catch des sons ! J'ai passé mon enfance à tendre l'oreille, et c'est naturellement que, plus tard, j'achetai une grammaire gasconne. Je passais tous mes après-midi à faire conjuguer Victorine. Elle m'aida à traduire en français *Le Jeune Homme de Novembre* de Bernard Manciet. Elle me demandait souvent de lui relire certains passages, toujours les mêmes. Elle avait, vers la fin de sa vie, rencontré un roman qui lui parlait d'elle.

Je ne pleurais pas. Je pensais à cette langue qu'elle m'avait donnée. Je savais qu'elle restait derrière chaque mot, et au cœur des choses que chaque mot désigne. Aujourd'hui, dans ce cimetière, sous ce ciel livide, commençait entre eux un dialogue silencieux et sans visage, dont le prêtre semblait ignorer l'existence, et que le docteur avait tenté de retarder en pratiquant un massage cardiaque.

XXV

Je m'étais réveillé avant que le réveil ne sonne. Je restais dans mon lit, les yeux ouverts, fixant machinalement la lueur rouge du thermostat du chauffage d'appoint. Quand le réveil sonnerait, je me lèverais, et pas avant ! De la rue, ne me parvenait aucun bruit. Je m'en étonnais. A cette heure, tous les jours, j'entends les premières voitures, la Mobylette du typographe de l'imprimerie Caudri, et surtout le camion des éboueurs qui s'arrête juste sous ma fenêtre. Au bruit sourd du moteur que le chauffeur laisse tourner, s'ajoute celui, plus éclatant, des caisses de bouteilles qui s'entrechoquent, les bouteilles vides du café Lassus. Je ne percevais aucun bruit. Et si c'était la neige ! Je me levai d'un bond. A fond sur la manivelle du volet. Plus blanc que blanc, blanc Persil, Skip partout, Lannemezan sous la neige !

Nom de Dieu de Nom de Dieu de Nom de Dieu ! Je sautais de joie ! Pire que les élèves... Pas d'école ! Pas d'école de la journée ! Il était tombé trop de neige. Le balcon en était rempli. Les Ponts et Chaussées vont mettre le paquet sur la 117, et les routes d'accès au Collège, celles qui traversent la Lande du Bouc, attendront que la neige fonde. Pas d'école. Pas d'Ossi. Pas de sonnerie. Pas de copies. Pas de steak haché à midi. Une journée pour moi. La paix. La vie.

Une journée pour moi. Je vais te me l'organiser super, celle-là, pôvre ! Mon pôvre, mon pôvre, mon pôvre ! Surtout ne pas commettre l'erreur de téléphoner au collège. La concierge me passerait Ossi. Elle serait foutue de me demander de venir à ski, anorak, gros bonnet, gants spéciaux, fuseaux, sac à dos, copies corrigées dans le sac à dos... Je ne vais pas téléphoner à Ossi. Je vais attendre que ça fonde. Ça peut tenir deux jours...

Neige, nage, neigerie, j'écrivais à Laure, dans mon appartement chauffé, silencieux et désert. La neige, dont la blancheur provocante me rappelait à mon métier d'écrivain, me parlait de Laure. Laure à Toulouse, loin de moi. Je lui écrivais avec la neige et le Mont

Blanc. Je disposais les mots sur la feuille pour que ça danse. Rectifiés à gauche uniquement. Mouvement, flocons, paroles d'encre, entre elle et moi...

Pourquoi Laure n'est-elle pas encore ma femme ? Pourquoi, toujours, ces deux solitudes parallèles, que nous brisons à chaque rencontre, à chaque étreinte, et chaque fois que mon regard plonge dans ses yeux mouillés ?

Pourquoi Laure n'est-elle pas encore ma femme ? Pourquoi cette distance entre ces deux moitiés d'orange ? Je ne suis pas de nature à chercher l'explication dans les contingences sociales et quotidiennes. L'emploi du temps ne parle pas de la vraie vie. La mise à plat explicative passe à côté de l'essentiel qui se défend.

Descartes est mort, j'appartiens à l'ordre de Laure. Je ne puis ni décider ni entreprendre. En moi, sont morts tous les patois sommaires. Aimer, comme écrire, c'est entrevoir. J'ai vu. J'attends. Laure parlera. Elle dira le poème qu'il ne m'est pas donné d'écrire.

XXVI

Ce serait Austerlitz et les Thermopyles, Bir-Hakeim et Fort Alamo ; je passais à l'assaut. Sus au Père Elbeuf.

Tous les mercredis matin, de huit heures à neuf heures, je fais cours dans la salle qu'il occupe de neuf heures à onze heures avec les Terminales A, qu'il gave de philosophie personnaliste. J'enseigne depuis cinq ans. Contrairement au Père Elbeuf qui, depuis trente-cinq ans, libère la salle au moment précis où la sonnerie retentit, je suis incapable de finir mon cours à l'heure. La sonnerie me surprend généralement au cours d'une envolée lyrique que je ne puis interrompre brutalement. J'occupe donc la salle quelques minutes supplémentaires, trois ou quatre maximum, le temps de trouver une chute, et sors en prenant soin de m'excuser auprès du collègue qui, dans la cour, attend. Le Père Dieudonné me répond : « Je vous en prie. » Marie-France Loriot, professeur d'anglais, me sourit d'un air pincé et bat des paupières. Simona Pataruc opine du chef et ajuste son imperméable. Alexis Lagalaye se secoue la cravate et dit : « Ça m'arrive aussi. » Elbeuf ne daigne pas me regarder, renifle et ne dit mot.

Quelle mouche l'avait piqué, je l'ignore. Toujours est-il que depuis quelques semaines il arrivait dans la seconde qui précède la sonnerie, et dès qu'elle retentissait ouvrait la porte sans prendre la précaution de frapper. Quatre fois qu'il me faisait le coup ! Quatre fois que les élèves me regardaient stupéfaits. Une riposte s'imposait, Austerlitz et les Thermopyles, Bir-Hakeim et Fort Alamo.

J'entrai en classe plus excité que d'habitude. Gestes plus désordonnés. Parole plus hachée. Chorégraphie plus heurtée. La main plusieurs fois dans les cheveux. D'un bond sur le bureau.

— Bon, aujourd'hui, je lui rentre dans le chou ! La provocation a assez duré ! Peuple de 1re S3, ton honneur est en jeu, comme le mien. Ta dignité, comme la mienne a été bafouée ! Aux armes ! etc. Sus au tyran !

Les élèves reprirent en chœur :

— Sus au tyran !

Je fouillai dans ma poche.

— Regardez bien ceci, c'est un sifflet. Un sifflet de flic. Je vais lui crever tous les tympans, je vous le dis... Dans l'immédiat, on corrige l'essai littéraire. Nadine au tableau !

Nadine Puyo se leva.

Je pensais plus à mon coup de force qu'à ce que j'étais en train de dire à Nadine Puyo, qui recopiait au tableau le sujet du devoir. Mon plan était simple. Neuf heures moins le quart, on arrête le cours. Les chaises sur les tables. Les élèves en rang derrière moi, moi derrière la porte. Elbeuf arrive avec sa Samsonite. La sonnerie retentit. J'ouvre la porte avant qu'il ne l'ouvre. Coup de sifflet, les filles sortent une par une, en courant et en criant : « Bonjour, Père ! » Second coup de sifflet, les mecs sortent à fond la caisse : « Au revoir, Père ! » Dans la cour tout le monde est plié de rire.

Neuf heures moins dix. Toutes les chaises étaient sur les tables.

— Vos gueules ! Il faut un minimum d'ordre pour foutre le bordel.

Les élèves étaient en rang, entre le bureau et le tableau, trente élèves à la queue leu leu, cartable entre les bras, prêts à bondir. Marsan était au fond de la classe et guettait par la fenêtre l'arrivée de la victime.

Je regardai ma montre. La sonnerie dans quelques secondes à peine. D'habitude, il est déjà là. Qu'est-ce qu'il fout ?

— Il parle avec Bernardini, m'sieur, dit Marsan qui se tordait le cou pour mieux voir. Ça y est, m'sieur, il arrive !

La sonnerie retentit.

— Bougez pas ! Vous attendez mon coup de sifflet !

Crâne d'œuf, grosse parka, Samsonite, Elbeuf se pointait. Je serrais la poignée de la porte. Il arriva à ma hauteur. J'ouvris la porte violemment. Il recula pour ne pas la prendre sur la figure. Quelqu'un éclata de rire. Je courus jusqu'au milieu de la cour, avant de m'arrêter, tourné vers la salle que je venais de quitter. Une vingtaine de mètres me séparaient d'Elbeuf. Premier coup de sifflet. Les filles sortirent en courant : « Bonjour Père, bonjour Père, bonjour Père... » Elbeuf regardait dans ma direction. Il fit mine de se diriger vers moi. Le second coup de sifflet l'immobilisa sur place. Tous les mecs dehors, un par un : « Au revoir Père, au revoir Père, au revoir Père... »

Les Terminales A se tournaient pour ne pas lui rire au nez. Le Père Elbeuf venait de perdre une bataille. En public. Il demanderait à Ursula de l'aider à gagner la guerre. Une guerre secrète...

XXVII

Laure nue. Laure, les mains jointes entre ses cuisses serrées, enfantine dans le sommeil. Sur ses épaules, ses longs cheveux bruns, à sa cheville, un bracelet d'or.

En appui sur un coude, je la regardais dormir, ou faire semblant. Sa poitrine, adolescente et pâle se soulevait à peine, à chaque respiration. Les seins de Laure, dont les pointes roses ont à la fois quelque chose de fragile et de menaçant, n'ont jamais grandi. Ils participent de son mystère. Les poitrines menues que les femmes, même les plus belles, abandonnent à la bouche tendue de leur amant, avec, toujours, la peur inavouée de décevoir, sont sacrées. Le temps glisse sur leur contour de neige et d'ombre. Par elles, les dieux empêchent l'enfance de mourir.

— Tourne-toi !

Laure se tourna, sans ouvrir les yeux, sans trahir la moindre émotion. Laure si longue, heureuse d'obéir à cette voix, la mienne, qui impérativement, lui parlait d'elle et de sa beauté. Tourne-toi, disait ma voix, saisie par le mystère émanant de son corps pur, ma voix qui, pour elle, n'avait aucun secret, hormis celui de l'amour même auquel, en se tournant pour mieux présenter ses superbes fesses, elle venait d'obéir. Je logeai ma bouche dans le gouffre du cul. Tropiques nuits Ali Baba. Mes ongles plantés dans le cristal des fesses. Laure se laissait visiter. Terre herse soleil gitan. J'abandonnai là toute ma salive. Laure se cambra du mieux qu'elle put : je poignardai de mon apex l'hostie du diable...

Le château d'Henri IV, le parlement de Navarre, le funiculaire, le Café de Paris ; nous marchions lentement sur le boulevard des Pyrénées. Béarn. Balcon. Belvédère. La ville à nos pieds, les Pyrénées blanches et bleues, presque accessibles, la lumière souple et Laure gantée.

Nous étions descendus à l'Hôtel Continental. Hier, je m'étais levé de bonne heure. Je voulais écrire quelques pages avant de rejoindre les studios de Radio Tripot. Ce matin, j'avais dormi tard, dans les bras de Laure, dans sa chaleur, à l'abri du monde. J'avais, contre elle, tété toute la nuit. Lait d'étoiles derrière le rideau des paupières. Oreiller de chair sous la nuque. Sommeil crustacé. Touffes d'astre ensablé. Racines d'air. Peau minérale. Léthé. Mer d'huile. Poupe. Cœur ancré aux requins. Toute la nuit dans les bras de Laure, avec les astres et l'univers entier.

Nous marchions lentement. Je tenais Laure par la main. Chignon de ballerine, costume croisé, *Opium*. Laure, aiguë, végétale et boisée...

— Tu disais donc, un homme double ?

— Un homme double, un OS de la culture, un prolo du savoir, et puis, la plume à la main, un Robin des Bois dans l'arbre de la poésie... Le drame, ma chérie, c'est que l'OS scie la branche sur laquelle Robin est assis... En acceptant ce poste de prof, je savais que j'allais rencontrer des problèmes d'emploi du temps. De là à être bouffé par mon métier alimentaire...

— Tu avais tout prévu, sauf Ursula Ossi !

— Voilà, je n'avais pas prévu, la mesquinerie, le pouvoir, la province et la frigidité ! Quel génie, m'exclamai-je, en ouvrant à Laure la porte du Café Romain.

Laure me souriait.

— Tu sais, Notre-Dame de la Frondaison, c'est un lieu baroque ! La Lande du Bouc, les Pyrénées, l'allée des chênes, la Sainte Vierge... C'est plein de légendes, de silhouettes, de têtes et de mémoire, c'est un théâtre. Le drame, c'est qu'Ursula n'aime pas le théâtre ! Elle assassine le Beau à coups de circulaires. Elle empêche l'imprévu de naître. Tu vois, avec elle, ce vieux collège perd toute singularité, il perd sa viande et son autonomie. Certains jours, on dirait un lycée, et moi je ne suis pas fait pour enseigner dans un lycée. Il me faut un théâtre. Parce que je suis un comédien...

Le garçon s'était approché de notre table. Je regardai Laure.

— Comme d'habitude, me dit-elle à mi-voix.

— Deux *Délices de l'écureuil,* s'il vous plaît, dis-je au garçon en sortant de ma poche mon paquet de Dunhill et mon fume-cigarette.

— Tu sais, Laure, on ne peut se mentir à soi-même longtemps. Je sais, ou plutôt je sens, que j'ai une œuvre à faire. C'est mon métier d'homme. Eh bien, mon métier alimentaire m'empêche de faire correctement mon métier d'homme. Il faudra bien que je me décide à vivre en harmonie avec moi-même...

Laure me prit la main.

— Ecoute, Christophe, je relisais le cahier

Clairefontaine que tu as laissé dans mon bureau. Chaque page est datée. J'ai pu te suivre au jour le jour. Qu'il s'agisse d'articles, de récits, ou même du *Lait de Lune*, j'ai constaté que les passages les plus beaux ont tous été écrits au Petit Marrakech...

XXVIII

Je remplissais en catastrophe les bulletins trimestriels. Le conseil de classe avait lieu à dix-sept heures quinze, soit trente minutes pour rédiger trente appréciations. Bien dans l'ensemble. En progrès. Peut mieux faire. Ne donne pas toute sa mesure. Attention au français écrit. Bien à l'oral. En baisse ce trimestre. Bon élève. Très bon travail...

J'aurais pu m'y prendre plus tôt. Le calendrier des conseils de classe était affiché depuis quinze jours sur le babillard. Quinze jours que les professeurs consciencieux avaient défilé dans le couloir, avec leur crayon et leur agenda, heureux de noter le jour et l'heure. Tous pareils, avec leur col fermé sans cravate, leur jupe fanée, leurs bottines fourrées, leur pipe qui pue, et leur petit sourire de contentement. Pensez donc, le moment de dire ce qu'ils avaient à dire était presque arrivé. J moins quinze. Dans quinze jours, on existe pleinement. On prend la parole. On dit « je voudrais aller plus loin ». On dit « je voudrais élargir le débat ». On a le pouvoir. On mouille. On jouit. On est assis à côté d'Ursula Ossi. On écoute ce qu'elle dit. Elle sourit, on sourit. On abonde dans son sens. On acquiesce avec la pipe. Un prof, c'est lâche. Ça n'arrête pas de lécher. Ça lèche les élèves, ça lèche le dirlo, ça lèche l'inspecteur. Ça a la trouille, au lieu d'avoir le trac. Un prof digne de ce nom devrait avoir tué au moins une fois dans sa vie. Un inspecteur par exemple, le jour de l'inspection. Quand on voit arriver ce malade mental, ce cocu du réel, ce petit flic, cet assassin propre, couvert par la Loi, on devrait sortir son colt Python 357 Magnum. Au lieu de ça, on le reçoit en grande pompe. On a sorti la cravate, la jupette bleu marine, on est passé au nettoyage à sec, on a demandé à Ossi une salle propre, bien éclairée, on a enlevé soi-même les papiers, on a demandé à Bernard Bernardini d'empêcher les élèves d'y fumer pendant la récréation... On le reçoit l'inspecteur, on lui désigne la jolie table qu'on lui a réservée, avec la jolie chaise, on l'a entouré des meilleurs élèves, on lui porte soi-même le cahier de textes de la classe... On est lamentable, larvesque. Au lieu de lui loger une bastos dans les entrailles, on le reçoit, tapis rouge, trouille au cul, et on se chie dessus pendant une heure, devant les élèves. La honte ! Un prof, c'est lâche, ça ne tirera jamais sur un inspecteur. L'inspecteur le sait. C'est pour ça qu'il vient...

Manque de participation à l'oral. Doit se ressaisir. L'écrit laisse à désirer. Elève discret mais efficace. Bien dans l'ensemble. Des progrès restent à faire. Continuez... Je suis toujours en retard avec les carnets. Je les remplis au dernier moment. A chaque heure libre, à chaque cours qui saute, au lieu d'accomplir les tâches administratives qu'impose le métier de professeur, j'écris. Pareil à un junkie enfermé à double tour dans les chiottes d'un hôtel sordide, je me barricade dans une salle de classe vide qui sent la craie et le cheveu d'élève, je sors ma seringue, et, sous l'œil éberlué des blattes, je me pique aux mots...

Je rejoignis la salle d'audio-visuel, où se déroulent toujours les conseils de classe. Une salle froide et sans passé. Moquette beige et tables lisses, sans grafitti. Une salle sans poster aux murs, éclairée par des néons qui grésillent.

Les tables étaient disposées en U. Marthe

Legras était déjà assise. A sa gauche, une chaise vide, celle qu'occuperait Ossi, et, sur la table, devant elle, les dossiers des élèves. La plupart des professeurs étaient arrivés. Marie-France Loriot demanda à Solange Durac si elle pouvait s'asseoir à côté d'elle. Elle s'assit. En attendant Ossi, elle penchait la tête alternativement à droite puis à gauche, en battant des paupières. Elle avait, sur les lèvres, ce petit sourire pincé, qui ne la quitte pas quand elle est enceinte. Je finissais de manger ma chocolatine, quand Ursula Ossi entra. Elle souriait. Elle avait mis son blouson blanc, celui qu'elle exhibe au printemps. Un blouson léger, en matière synthétique, avec des boutons pression aux manches, et qui lui donne un air rocker, un air de Joconde Lee Cooper.

Elle dit : « Bonjour. » Elle dit : « Je vois que tout le monde est là. » Elle dit : « On peut commencer. » Elle dit :

— Amar Jacques. Je vous écoute !

Solange Durac prit tout de suite la parole :

— C'est un élève très limité. Il n'a fait aucun progrès. J'ai convoqué ses parents. Ils ne sont pas venus. Tu peux le signaler dans l'appréciation générale, ajouta-t-elle, en agitant nerveusement sa main osseuse, blanchie par la craie.

Solange Durac donne des conseils à Ursula Ossi. Solange Durac est professeur de mathématiques. Elle a les lèvres fines, le nez crochu, les fesses plates, pense que le sex-appeal est un concept de droite et admet difficilement qu'un collègue puisse émettre un avis différent du sien. Elle incarne parfaitement l'impérialisme mathématique qui sévit dans l'Education nationale. Seule compte la pensée abstraite. Michel Serres, connaît pas. Elle rejoint le Père Elbeuf, pour qui le surréalisme c'est du folklore, et André Breton, un gratteur de guitare. Philosophie française. Haine des sens. Haine des sons. Haine du bois qui sonne. Haine de la corde tendue, funambulesque. Haine du cirque et des couleurs qui châtoient. Haine de l'odeur des bêtes. Philosophie française. Haine du corps et de la fibre. Haine de la sueur et du muscle. Haine des doigts dans la chevelure. Obsession du sec, du lisse. Haine de la pensée mouillée. Philosophie française. Défense de vibrer.

— Ce n'est pas qu'un simple manque de bases, disait-elle. Il veut devenir architecte, et il n'a pas la moyenne en maths. C'est complètement absurde !

Elle parlait d'André Moureux. Il a dix-sept ans. Elle sait déjà qu'il ne pourra être architecte. Qu'il a tort de s'entêter. Elle le lui a dit à plusieurs reprises. Elle s'étonne qu'il persiste. C'est un élève têtu. André Moureux veut devenir architecte.

— Ça suffit !

Je m'étais levé. Mon carnet de notes était tombé par terre.

— Ça va durer longtemps cette plaisanterie ? Vous aimez vraiment les tribunaux !

Solange Durac me regardait fixement. Ossi avait posé son stylo. Je sentais mes tempes qui battaient.

— Vous êtes vraiment des juges, des dingos du verdict ! Moureux a une sensibilité énorme. C'est un architecte. Il suffit de lire le commentaire composé qu'il a fait de *Correspondances* de Baudelaire pour s'en persuader...

Solange Durac allait reprendre la parole.

— Ça suffit ! C'est quoi un architecte pour toi ? Une calculatrice, un ordinateur ? Un ordinateur, ça fait Sarcelles, et la haine de toute folie qui te caractérise, ça fait Brasilia... Pour moi, un architecte, c'est un poète, un visionnaire, un amant de l'espace. Un mec qui balance son rêve dans le vide de l'univers. Ça fait les châteaux de Bavière... Eh bien, André Moureux, dans la tête, il a des châteaux de Bavière, il aime le Beau...

Je me baissai pour ramasser mon carnet de notes :

— Puisque c'est comme ça, je me casse ! J'ai pas envie de rater Cocoricocoboy...

XXIX

J'avais mis le clignoteur depuis quelques secondes. Je me plaçai maintenant sur l'axe médian de la chaussée, tout en surveillant, dans le rétroviseur extérieur, l'énorme pare-chocs du poids lourd de marque Skania. *Duel* de Spielberg...

Convoqué, je le fus, vous pensez bien ! Faire marcher le Père Elbeuf au sifflet, et qui plus est devant les élèves, grande première au Collège. Nuire au bon déroulement d'un conseil de classe, inadmissible. Je dépassais les bornes. Je semais la zizanie dans l'équipe pédagogique. Tu comprends, je ne puis tolérer la dérision... Elle n'a pas arrêté de répéter ce mot. Un mot à la mode, et dont le sens lui échappe, car, de vous à moi, je ne vois vraiment pas où est la dérision. Elbeuf au sifflet, c'est pas de la dérision, c'est la Commedia dell'Arte. Mais que voulez-vous, le mot lui plaît. Il va concurrencer « tu ne sais pas tout » et « tu te trompes de ton ». Faudra s'y faire...

La Lande du Bouc. J'allumai l'autoradio. Sade. Black calin. Urgo sonore. Un apex dans le pavillon. La route était déserte. J'étais parti plus tôt que d'habitude. Je ne m'étais pas rasé et je n'avais pas déjeuné. Estomac noué. J'avais mal dormi. Ces altercations, ces réunions, ces convocations pesaient trop lourd. Overdose de quotidien. Stylo en panne. Tête remplie de polémiques vaines et viles. Pouce !

Je roulais doucement. Sade chantait *You're not the man*. Les buissons de ronces étaïent juste derrière la buée de la vitre, avec les troupeaux de vaches, épars. Big nausée. Ras le bol en rase campagne...

Pas d'avis de coup de vent... Météo marine. Il y avait un peu de brouillard. Je distinguais toutefois, en contrebas de la route, émergeant de la cuvette noyée dans la brume, le clocher de la chapelle. Je sortais du virage des chênes. D'habitude, à cet endroit, j'ai déjà mis mon clignoteur. La voie mal carrossée qui mène au parking des profs est à peine à trois cents mètres sur la droite.

Je ne mettrai pas mon clignoteur. Je n'emprunterai pas la voie mal carrossée qui mène au parking des profs. Je n'irai pas à la salle des profs. Je ne serai pas le prof de la salle 12. Assez ! Suffit ! Basta !

Je continuai ma route, dans le brouillard humide et flottant. Je voulais me perdre dans la Lande du Bouc. Je pris des chemins non goudronnés. Je m'enfonçais de plus en plus dans le paysage dont les brumes rendaient les contours indécis.

Les arbres rabougris, les pierres brunes et les fougères noires. Les ongles des ronces me griffaient aux portières. Mes roues écrasaient les flaques. Mes phares suçaient le téton des cailloux. J'entrais maintenant dans l'intimité de la terre. Elle gémit. Je lui caressai les flancs avec mes baguettes de bas de caisse. Patins d'enjoliveurs. Etreinte d'essuie-glaces.

La Lande du Bouc. Je suis le bouc sur la lande. Elle ruisselle et je bave. Ma puanteur de bête. L'odeur pourrissante de tous ses végétaux. Miasmerie d'âme. Mon bout dans la boue de la lande. Nos peaux se frottent comme des silex, pierres liquides, sueurs de briquet, étincelles que nos yeux reflètent, répètent, perpétuent.

Lande aux bas de sel, tes cheveux défaits par mon souffle, ma bouche sur ta poitrine à peine dessinée, lande écarlate, je gouverne ton sang, je suis maître de ton sanglot.

Etreinte avec les feuilles, mots dits à l'oreille des arbres, ma semence dans les racines, mon front butant sur la clavicule des astres.

XXX

Je ne donnerai jamais à l'antenne de Radio Tripot la recette du *Sperme de Flamand Rose,* cocktail signé Boris Vian. Radio Tripot est devenue Chouette FM à Pau. Fin de parole libre. Passage à la parole calibrée.

I.V.A. Interruption volontaire d'aventure. Freddo a pris la franchise Chouette FM. Le slogan « Do ré mi fa sol la si do, c'est Chouette FM qu'il te faut » est inscrit en lettres fluo sur les portes en verre du nouveau studio installé, mon coco, au septième étage de la tour de Navarre, à Pau. Bonjour, les p'tits loups, c'est bath, c'est chou, c'est Chouette FM au rendez-vous...

Chouette FM, c'est un taux d'écoute très élevé, un auditeur fidèle — l'adolescent de quinze à trente-quatre ans, et les retombées, à Pau, d'une publicité nationale tapageuse.

Chouette FM est connue des grands médias, aidée et nommée par eux. Chouette FM à Pau, comme à Toulouse ou à Lyon, c'est Paris. C'est câblé, chébran, super, c'est in, c'est up, c'est con. Freddo le savait. Mais il savait aussi que Radio Tripot ne tournait pas rond, que les dettes s'accumulaient, et que, depuis quelques mois, les commerçants faisaient de moins en moins de publicité sur l'antenne. Radio Tripot avait du plomb dans l'aile.

Freddo avait, sans me prévenir, joué la sécurité. M'aurait-il prévenu, que je ne lui aurais donné aucun conseil. Il était le seul fondateur de Radio Tripot. Il avait mis tout son argent dans l'affaire, soit les cent mille francs nécessaires à l'achat d'une table de mixage, de deux platines, d'un magnétoscope à cassettes, de trois micros et d'un émetteur. Il m'avait demandé de venir, et j'étais venu. L'amour des mots. De la parole. Une parole ni délavée ni tributaire d'un périmètre. Une parole enracinée mais ouverte. Une parole occitane et basanée. Armstrong, Kenneth White et Nougaro. Une parole barbare, poétique et sonore. Mais à aucun moment je n'ai pensé faire de mes activités radiophoniques un métier. Je n'ai rien à reprocher à Freddo. Je déplore la fin d'une aventure. C'est tout.

Freddo a toujours voulu créer une entreprise. Il pensait qu'une radio, c'était mieux qu'un garage. Il s'était lancé dans l'aventure, corps et âme. Avec la pub, on tiendra, disait-il. Mais le pouvoir, deux ans durant, interdit toute publicité. Etouffement légitime. Strangulation légale. Mort de nombreuses stations FM. Radio Tripot dut son salut à quelques dons. Nous nous employâmes, qui plus est, à contourner la loi. Ventes d'autocollants. Emissions en direct de magasins en échange de quelques deniers. Lancement d'un journal, *Pau Loisirs Week-end,* dans lequel les commerçants pouvaient acheter des espaces publicitaires. Combat sur le terrain. Moyens du bord. Volonté de ne pas mourir.

Aujourd'hui, sans doute Freddo était-il à bout. L'arrivée de la publicité n'avait pas résolu tous les problèmes. Radio Tripot tenait grâce aux T.U.C. Il fallait du solide. Pour Freddo qui voulait rester chef d'entreprise, la solution c'était Chouette FM. Une franchise alléchante, en échange de 5 % du chiffre d'affaires. La contrainte financière ne semblait pas insurmontable. Les commerçants auront tous très vite l'autocollant Chouette FM.

Lors de la signature du contrat, le représentant de Chouette FM avait expliqué à

Freddo qu'une radio, c'est dans le coup, c'est jeune, ça a la pêche, c'est number one. Donc, musique non stop. Une musique dans le coup, une musique jeune, qui a la pêche, une musique number one. Indochine. Jean-Jacques Goldman. Michel Berger. Madonna. The Cure. Tous les groupes anglo-saxons...

— Ne vous inquiétez pas, les consignes viendront de Paris. Occupez-vous du son, on vous dira qui passer, à quelle heure...

Avant de partir, il avait jeté un coup d'œil sur la discothèque. Mon disque de Sarah Vaughan l'avait laissé perplexe. Le dernier disque de Jean-Pierre Mader avait fait son bonheur.

— Bonjour, les p'tits loups, c'est bath, c'est chou, c'est Chouette FM au rendez-vous...

XXXI

Aujourd'hui, j'ai écrit toute la journée. Je me suis réveillé la tête pleine de mots. Des mots à ne pas perdre. Gluants de viscères. Sanguinolents. Des cravates de viande. Je ne suis pas allé au Collège.

J'ai écrit dans cette pièce silencieuse, posters de Gainsbourg et de Sade, parmi ces livres qui ne me quittent jamais, sur cette feuille quadrillée dont l'extrémité arrondie venait parfois heurter le support acier du portrait de Laure.

Sur ce cahier d'écolier, sur ces pages de gosse, j'ai couru à la poursuite de moi-même, en peignoir, pas rasé, les cheveux en bataille, crasseux, l'haleine chargée d'alcool et de nuit.

Ecrire, c'est se vautrer, ventru, la queue à l'air, les groins dehors, c'est dans la litière, dans la paille, dans l'urine, dans la sueur, dans les sucs, dans le sac, dans la toile de jute du sac, dans le poil graisseux, collant, collé, géographie de la ventrèche, du lard, de l'os qui saigne.

Ecrire, c'est la grande saloperie interne qui sort par tous les pores, tous les tuyaux ; le plus petit conduit fait son boulot d'Hercule, veinules dilatées charriant la sciure de l'âme, veinules évacuant les chiures du ciel ; ça pompe de partout, artérioles en folie, moteur invisible qui ronfle, cadenceries secrètes, usine d'ombre.

Dehors maintenant. Dans la rue. Chez les hommes. Oublier l'encre et le papier, les mots et l'âme. J'aurais voulu plonger dans une avenue grondante, frôler l'aile glacée des automobiles, recevoir des gifles de pare-chocs, sniffer des gaz d'échappement, encaisser un concert de klaxons. Mais Lannemezan n'offrait que les pneus lisses des 404 des paysans du Magnoac, et le taxi Mercedes blanc garé à hauteur du café Lassus.

J'aurais voulu être à Paris, à Madrid ou à Rome. Faire le plein de bruit. Retrouver le monde, heurter les épaules innombrables de la foule, marcher parmi les nègres et les gris-gris, entendre des cris cosmopolites, flairer des odeurs bizarres, voir ma gueule tatouée d'éclairs de néon dans la porte vitrée des cinémas.

Dehors. Je voulais tâter les viscères du monde, après avoir, des heures durant, mâchonné ma propre tripe. C'est dehors que ça parle. Faut laisser entrer en nous la parole du dehors. Faut la laisser pourrir en nous comme un vieux raisin. Jus âcre. Moisissures. Carburant futur.

La Maison de la Presse. J'entrai. Gadgets. Best-sellers. Photocopies. Stylos Pierre Cardin. Fond régional. Disques. Beaux livres. Manuels scolaires. Piles Wonder. Loto. BD. Poster de Winnie l'Ourson. Présentoir Rika Zaraï. Présentoir Linda de Suza. Présentoir Jean-Luc Lahaye. Panneau publicitaire *Allô Police*. Affiche au marqueur noir reproduisant le sommaire d'un numéro hors série de la *Revue Culturelle Philosophique Patoisante et Folklorisante du Nébouzan*. Page 21, un article du Père Elbeuf. A lire d'urgence.

J'avais faim de visages et de couleurs. Je me dirigeai vers le rayon Magazines. Balavoine, album souvenirs. Renaud au Zénith. *Jazz hot*. *Jazz Magazine*. *Union*. *Vogue*. *L'Eventail*. *Moto verte*. Sponsors multicolores sur les combinaisons de motards. Interview exclusive de Mère Thérésa dans *Play Boy*. Patrick Edlinger dans *Vertical*. Vertige et quadrichromie. Je tournais lentement les pages. Patrick Edlinger. Un homme couleur de roche, perméable et sec. Un très ancien lézard, respirant comme le granit. Un homme blanc, un poète muet renouant avec la pierre qui dort dans la peau. Un minéral. Patrick Edlinger.

XXXII

— Vous pouvez citer qui vous voulez ! Le correcteur, le jour du Bac, jugera le contenu de la citation, et surtout l'art d'amener cette citation... N'oubliez pas qu'une citation ne peut qu'épauler votre raisonnement ! L'auteur que vous citez ne doit pas penser à votre place, il doit penser avec vous ! La copie du Bac, c'est pas lui, c'est vous...

Je m'assis au bureau avant de reprendre la parole.

— Revenons à Glucksmann, j'aime Glucksmann, Mathieu, j'aime Glucksmann ! J'aime bien ses colères, et le débat auquel tu faisais allusion dans ton devoir, je l'ai suivi moi aussi à la télévision. L'intellectuel et le pouvoir, tu penses bien que je ne pouvais pas rater ça ! Eh bien, j'ai été déçu ! Je m'attendais, naïf, à ce que l'on citât André Breton. Il avait en

1935 giflé Ilya Ehrenbourg, membre de la délégation soviétique, à l'occasion du congrès international des écrivains « pour la défense de la culture » organisé par le PC et, ce faisant, il avait montré ce qu'est un intellectuel : un être libre qui, loin des dogmes auxquels il botte systématiquement le cul, ne cesse d'intervenir et de questionner. Glucksmann a préféré ce soir-là citer Montand. A vrai dire, Breton gêne aujourd'hui Glucksmann, Montand and Co, comme il gênait hier Jean-Paul Sartre. Breton avait craché à la gueule du Maître dès 1935. Nos intellectuels feignirent de ne voir dans cet acte qu'un blasphème, et ce, pour mieux s'engager à leur tour au côté d'un parti duquel Breton avait été exclu. Voilà comment on finit pécheur, pécheur carpette comme Aragon, pécheur repentant comme Montand... Ecoutez, en préparant le corrigé de ce devoir, j'ai retrouvé une phrase de Bernard Frank, je vous la lis : « Si les écrivains entêtés et prolixes qui régnèrent dans nos cœurs après la Libération s'étaient mieux souvenus des textes politiques de Breton que des romans de Malraux, peut-être auraient-ils évité bien des pages inutiles, bien des silences sans gloire, et de prendre d'innombrables aller et retour de petits trains de banlieue pour des voyages en Chine. »

Je relus lentement la phrase de Frank, afin de permettre à quelques élèves de la noter.

— Et vous remarquerez qu'on a encensé Mao, comme on a encensé Staline ! Comprenez-moi, je n'accuse ni ne juge, je m'interroge, c'est tout ! Pourquoi l'intellectuel français ne parvient-il pas à l'âge adulte, pourquoi tourne-t-il le dos à Breton ?

— C'est quoi parvenir à l'âge adulte, m'sieur ? demanda Mathieu.

— Eh bien, parvenir à l'âge adulte, c'est pour un intellectuel, penser ailleurs qu'à l'ombre du tyran. C'est, comme le rappelle Kenneth White dans son *Apocalypse Tranquille*, être un homme du vent et de l'éclair...

— Vous devez détester Sartre, n'est-ce pas !

— Pas du tout, Mathieu, pas du tout ! *Les Mots* sont un beau livre. Cela dit, la vessie existentialiste n'est pas la lanterne surréaliste.

XXXIII

Menottes, barreaux du lit, si fins sont les poignets de Laure.

Burberrys, culotte et bas noirs. C'était convenu ainsi. Pour l'instant je regardais son corps occuper le lit. J'étais à genoux, à côté d'elle, nu. J'écrasais ses cheveux dans l'un de mes poings fermés.

J'appartiens à l'ordre de Laure. Je sais lire son souffle.

Je la déshabillerai plus tard. J'observais ses mains prisonnières, ses bras tendus de chaque côté de sa tête et, sous l'imperméable à peine soulevé, la naissance des clavicules. Je fis jouer mon index entre ses dents. Laure m'appartient. Elle goûtait la lenteur de mes gestes.

Je suis l'amant carnivore de Laure. Ceci est son corps. Je me signe. Je prends. Je mange

Je défis un à un les boutons de son Burberrys. Laure ferma les yeux. Elle savait que j'observais minutieusement, à mesure que je les découvrais, chaque parcelle de son corps. J'affectai la froideur médicale. Mes doigts sur sa poitrine, comme un stéthoscope. Laure visible et vue.

Je suis le porte-voix de Laure. Il m'est donné de dire ce qu'elle détient.

La culotte noire et brodée maintenant. Je la retirai lentement et la portai à ma narine. Pour la sniffer. Intime coke et rail de l'Univers, le suc des forêts, les moisissures de la terre, dans ma cervelle. Triangle noir, fibres, Bermudes où Laure a déposé l'opium du ciel.

J'invitai Laure à ouvrir ses cuisses. Je me levai pour ouvrir rideaux et fenêtres. Je voulais que le mobilier précieux de l'hôtel la regarde, que son corps harmonieux s'imbibe de la lumière du jour, que le silence la pare de sa propre haleine. Le soleil était sur elle.

Je m'allongeai entre ses cuisses, posai ma tête sur son ventre et fis jouer sous mes doigts les pointes têtues et nettes de ses seins. Ma tête disparut entre ses cuisses.

Enfance, ronces, aimant, succulente boussole, toute ma bouche dans le pourquoi du monde. Touffe d'acide, liquide chair, tablier d'astres, chaleur vivante et souple, pourpre d'Anubis, les dieux ont tenu parole.

XXXIV

Kilomètres de lignes droites, pins maigres et hauts comme des girafes, base américaine désaffectée, troquets aux murs de planches portant l'enseigne Kronenbourg, sol, sel, sable, je traversais à fond la caisse le pays de Bernard Lubat. Cent cinquante au compteur, les bornes kilométriques sont chauves, je me fous du radar des flics, je suis un barbare, j'ai rendez-vous avec Bernard Lubat.

Je fis le plein à Captieux, mangeai une pâte d'amandes à Préchac, traversai Villandraut, et cherchai, sur ma gauche, dans la muraille d'herbe et d'arbres longeant la route d'Uzeste, l'entrée du chemin de sable qui mène à la maison de Bernard Lubat.

Je m'engouffrai dans le chemin. Sables, boue séchée, herberies, cailloux et feuilles d'acacia léchant les vitres latérales de ma Lancia. J'ouvris le toit pour voir le ciel, les nuages, et les arbres à tête d'oiseau. Je suis un bout de ça. Mon sang charroie une quantité anormalement élevée de sève de végétaux. Ma viande est le fruit d'un savant dosage d'ingrédients terrestres, un précipité luxuriant à base de granit et de salive de loup. Mes ongles ont la fissilité de l'ardoise et mes cheveux poussent à la vitesse des bambous. Où que j'aille, où que je sois, je regarde bouger le monde autour de moi avec les lunettes de la rosée.

Lubat avait un panier à la main. Il venait vers moi en longeant l'étang. Chemise noire, pantalon de jogging vert pâle, tennis vert foncé.

— Je viens de donner à manger aux canards, dit-il en me serrant la main.

Une masse poilue fendait l'eau.

— Qu'est-ce que c'est ? lui demandai-je.

— Un ragondin, répondit-il. Y en a au moins trois, de véritables paquebots, c'est monstrueux, ajouta-t-il en riant.

J'aime le rire de Bernard Lubat. Un rire malicieux, paysan et fin. Deux ans qu'il vit ici, dans ce moulin qu'il a retapé avec son amie, la comédienne Laure Dutilheul. La forêt, le moulin, l'étang, le sable et le Festival, à deux pas de l'Estaminet, l'épicerie-mercerie-bar de ses parents. Lubat et son moulin, Lubat, meunier accordéoniste, artisan pianiste et batteur forestier...

— Je vais préparer du café !

Il disparut dans la cuisine. Je restai dehors, avec les pierres et les canards. Je m'assis au bord de l'étang, près d'une vieille barque entourée de nénuphars. Le téléphone sonna. Lubat décrocha et raccrocha presque aussitôt. J'observai le ballet des araignées d'eau...

— Pour qu'il y ait naissance, il faut qu'il y ait confrontations. Moi, je crois à l'esthétique du choc, chacun amène sa viande ici, et ici, on interroge toute la viande, tu comprends...

Il avait reposé sa tasse, et disposait autour d'elle tout son attirail de fumeur. Brésilien, l'amour est rude, voici, l'herbe, enlève les grains...

— L'Occitanie, ce devrait être cette absence de cloisons ! Mon goût pour le mélange est évidemment lié à ma pratique musicale, mais c'est avant tout, je crois, un héritage qui vient d'ici, de l'Estaminet...

Lubat parlait d'une Occitanie ouverte, excitante et basanée. Il parlait d'une Occitanie impossible. Qui voudrait de cette folie ? Qui adhérerait, sans partage, à cette insoumission ? En Occitanie, personne, je vous le dis !

Regardez-nous, Vikings, nègres et autres baroudeurs ! Regardez-nous ! Nous disons non au barbare qui parle en nous d'une voix maintenant inaudible. Nous sommes incapables d'engrosser la Terre. Manque de muscles, de couilles, de sueur. Vasectomie mentale. Nous ne sommes plus que des moignons, des prothèses à pattes, des handicapés du totem.

Finis les naufrages, les pillages, finis les viols ! Nous sommes incapables d'orgueil païen ! De nos bouches, quand elles s'ouvrent, ne sortent que des plaintes grotesques. Plaintes pétainistes, la terre qui ne ment pas, discours radicaux-socialistes boursouflés et rougeauds, Catinou et Jacouti, jérémiades lamartino-pagnolesques, cantique anti-progrès... Plaintes militantes, Fac de Lettres, Larzac, Linguistique, Collectif Révolutionnaire Occitan, auto-collant sur la 4 L, feu aux planches, béret, guitare, haleine fétide, credo nationaliste, conneries tout terrain, diarrhée rousseauide, chansons à texte, épreuve d'occitan au Bac, stages, affiches « 10 mai 81 : On respire », Radio Païs, vente d'un tee-shirt frappé de la croix occitane dans le catalogue de la Redoute...

— Le problème essentiel, Bernard, reste celui de la langue ! Qui la parle ? Qui l'écoute ? Qui la transmet ? Qui désire la recevoir ?

Lubat tirait sur son pétard. Je repris la parole.

— Je parle gascon, j'ai publié des textes en gascon, et aujourd'hui le français est devenu ma langue d'écrivain !

— Oui, mais dans ton français, y a du gascon, répondit Lubat. Et puis, il faut courir le monde, parler d'autres langues, entendre d'autres mélodies... C'est peut-être ce que tu fais en ce moment. Ensuite on revient, et quand on est revenu, on interroge la vieille viande, et tu verras, elle répond...

J'avais laissé à Lubat le manuscrit de *La Bataille de Lannemezan,* long poème gascon que j'avais écrit à Uzeste lors du dernier Festival. Il voulait le mettre en musique et le jouer, à Toulouse, en juin, à l'occasion de la Fête de la Musique.

Dans la voiture, je songeais à notre discussion, et je me disais que je ne lui avais pas tout dit.

Je m'éloigne de l'Occitanie. Je m'apprête à lui dire adieu. Le long réquisitoire qui s'était déroulé dans ma tête et dont j'avais fait part à Bernard Lubat, la mise à nu de nos impasses et de nos limites masquaient l'essentiel : le détachement volontaire d'une langue en partie reçue, en partie acquise, et dont ma viande, pour dire son nom, pouvait aisément se passer.

La langue gasconne, reflet sonore du ciel sur la terre, n'est plus dans ma bouche tous les jours. Elle ne vient plus, la nuit, agiter devant moi le drap somptueux des rêves. La langue française est la langue de Laure. Elle fut, au départ, la langue de l'école et de l'instituteur. Elle s'est déposée en moi peu à peu, infini goutte-à-goutte. Maintenant, elle parle en moi, à mon insu. Elle est devenue buissonnière.

Le patois de Voltaire m'a irrigué. Je ne peux plus écrire qu'en français. Les idées me sont données par les mots, et les mots qui maintenant sont en moi, les mots porteurs, sont des mots français. Ils se sont emparés de moi et demandent à parler de moi. Je ne puis que répéter : après toi, mon beau langage...

XXXV

Boulevard des Pyrénées. La terrasse de l'Aragon. Je fumais lentement une Dunhill bleue. La lumière de mai. Le funiculaire. Les Pyrénées. Deux putes couvertes de bijoux prenaient leur petit-déjeuner. Des dames chapeautées se rendaient à la messe...

Sur ma table, le pétrolier, quelques feuilles blanches, un verre, une bouteille d'eau de Seltz, *Terre de Diamant* de Kenneth White, et une lettre de Laure. Elle m'écrivait de Paris. Elle participait au stage de danse de Rick Odums, le chorégraphe noir qui dansait avec Julia Migenes Johnson, lors de son *Grand Echiquier*. Laure danse. Jazz uniquement. Elle profite des vacances scolaires et des week-ends prolongés qu'offre le mois de mai pour danser à Paris Centre, à Nice, à Toulouse, à Pau ou à Cannes chez Rosella Hightower. Ses chorégraphes préférés, ceux dont elle suit les cours, sont Rick Odums et Rita Moreno, la fiancée brune et racée de George Chakiris dans *West Side Story*.

Je rédigeais un portrait de Kenneth White, l'Ecossais de San Francisco. Le garçon de café passait régulièrement pour me servir une nouvelle Suze dans laquelle je versais moi-même un peu d'eau de Seltz. Le tabac fait du mal aux poumons. La Suze, apéritif à base de gentiane, fait du bien aux bronches. Le poison et le contre-poison...

Je tirai une dernière fois sur ma cigarette et relus à voix basse la phrase inaugurale de mon texte :

— Kenneth White, qui n'est pas le demi de mêlée du quinze d'Ecosse, est le véritable auteur de *Terre de Diamant*, paru chez Grasset...

J'accouchais, une fois de plus, d'un article structuraliste...

J'ai connu White à Tarbes, dans les studios d'Adour FM. Marin de l'âme, il m'avait parlé de « rivages », de « dérives » et de « monde blanc ». Maçon de sons, je lui avais parlé de l'Occitanie, de Nougaro, de René Nelli et de Bernard Lubat. Il connaissait l'œuvre de René Nelli, aimait tout particulièrement *Sing Sing*

Song et avait rencontré Lubat à Saint-Jean-de-Luz. On s'était revu souvent, chez lui, à Pau, avenue Nitot, Résidence d'Aspin III.

L'appartement de White à Pau. On sonnait. On attendait quelques secondes. La porte s'ouvrait à peine. Un œil scrutateur, presque menaçant, apparaissait. Une voix rassurée disait : « Ah, c'est toi, vieux ! » On entendait aussitôt un bruit de chaîne et la porte s'ouvrait totalement. Kenneth White vivait barricadé de la sorte depuis qu'un vendeur d'aspirateurs s'était engouffré dans son appartement, alors qu'il composait son *Ode à la Bretagne blanche*. Il possédait depuis deux aspirateurs et vivait dans la hantise du troisième.

Chez White, on devait se déchausser en entrant. On passait une heure ou deux dans son salon. On parlait de la poésie. On refaisait le monde en chaussettes.

White écrivait dans une pièce peinte en blanc. Sa table de travail, blanche également, était appuyée contre un mur auquel étaient épinglés des papiers, adresses, trouvailles verbales nocturnes, rendez-vous, poèmes à revoir, courrier en attente. Les manuscrits étaient posés par terre, paquets de feuilles d'épaisseurs diverses. Sur chacun d'eux, une pierre luisante que White avait dû ramasser au cours de ses pérégrinations dans le Col de Marie-Blanque. Il me parlait souvent de ce petit col des Pyrénées, ignoré des touristes et, souvent, des Pyrénéens eux-mêmes, col paisible, silencieux et profond auquel il avait consacré un poème, publié dans *Terre de Diamant*, et intitulé *Prose pour le Col de Marie Blanque*.

A Pau, White écrivait beaucoup et tricotait lui-même ses pulls bleu marine. Il était capable de parler de René Char sans cesser pour autant de tricoter. De temps en temps, il posait son ouvrage, proposait un autre verre de scotch, et reprenait le fil de sa pensée, toujours aiguë, toujours séduisante.

White a quitté Pau. Je lui enverrai mon texte à Trebeurden. Je pensais au col de Marie-Blanque. J'allumai une cigarette et ouvris *Terre de Diamant*, à la page 220. « *Prose pour le col de Marie Blanque.* » Version anglaise. Version française. Ce texte, bite d'âne, je vais le traduire en gascon ! Aujourd'hui même ! Je l'enverrai à White dès que possible, et surtout je le donnerai aux élèves qui suivent le cours d'occitan. Ils présenteront White en gascon au Bac. Manciet et White : enracinement et ouverture.

Je bus une dernière Suze et regardai ma montre. Je n'avais pas envie de rejoindre l'hôtel. Je préférais déjeuner ici, avec, sur ma feuille, la longue route rouge, chère à Kenneth White et, devant les yeux, les Pyrénées longues et immobiles, blanches et bleues. De plus, une des deux putes assises à la table voisine ne cessait de me regarder.

XXXVI

— La Légion d'honneur à France Gall ! C'est ça, mes chéris, la médiocratie ! Je vous rappellerai, adorables vilains, que la Légion d'honneur fut créée par le tyran Bonaparte pour récompenser les services civils et militaires... Soyons clairs ! Je ne rêve pas de l'épingler au revers de mon Smalto, je ne suis pas ce qu'il est convenu d'appeler un patriote. Cela dit, j'aime l'odeur de la France, j'aime sa langue, ses pierres, sa pensée, je l'aime quand elle s'ouvre, je la fuis quand elle se ferme... Revenons à nos moutons, parlons des services civils de France Gall qui, au demeurant, a le culot de se prendre pour un chorégraphe ! *Résiste, Cézanne peint*, qu'est-ce que c'est, qu'est-ce que ça vaut ?

Je m'étais levé. Il fallait que je me déplace,

que je serre les poings, que je sautille dans le ring de la classe comme un Cassius Clay gascon, que je frappe, que je cogne, jusqu'à ce que le gong retentisse. Je suis comme ça. C'est comme ça qu'ils m'aiment.

— Vous attendez évidemment que je réponde moi-même à la question : j'y réponds. France Gall, est-ce l'odeur de la France ? Non, France Gall, c'est, en France, l'odeur de rien ! Elle incarne, elle et d'autres, une chanson sous cellophane, calibrée, incolore, inodore et sans saveur...

J'étais bien parti. J'allais gagner par K.O., je le sentais. Crochet, direct au foie, la bande à Guy Lux au tapis !

— L'odeur de rien, c'est tout à fait ça ! Coupez la musique, écoutez les mots ! Des rimes on ne peut plus banales, des chevilles énormes, un lexique squelettique, des clichés à perte de vue, bref, une langue qui n'en est pas une ! Effacez les mots, écoutez la musique ! On parle décibels, et je n'entends que décilaids ! Percussions crétines ! Mièvreries synthétisées ! Bonjour Sevran, bonjour Sabatier, sponsor Fuca, le caca existe, je l'ai rencontré ! Donc, pourquoi la Légion d'honneur à France Gall ? Pour rendre hommage, à travers elle, à la chanson française ? Mais foutre saint Georges, France Gall, ce n'est pas la chanson française, m'exclamai-je, les poings fermés au bout de mes bras tendus !

— C'est quoi, monsieur, la chanson française ? demanda Annie Saurel. Pour vous, c'est Nougaro, mais on peut aimer Nougaro et France Gall, non ?

— Non, Annie, on ne peut pas !

Je regardai ma montre, puis me passai la main dans les cheveux.

— Bon, de tout ça, nous reparlerons plus tard. Pour l'instant, reprenons le texte où nous l'avions laissé. A toi, Annie !

Les deux mains posées sur la table, Annie Saurel relut le texte de Madame de Staël, extrait de *De La Littérature :*

— *« Ce que l'homme a fait de plus grand, il le doit au sentiment douloureux de l'incomplet de sa destinée. Les esprits médiocres sont, en général, assez satisfaits de la vie commune ; ils arrondissent, pour ainsi dire, leur existence, et suppléent à ce qui peut leur manquer encore par les illusions de la vanité ; mais le sublime de l'esprit, des sentiments et des actions, doit son essor au besoin d'échapper aux bornes qui circonscrivent l'imagination... »*

XXXVII

A poil, sortant du bain. Je me regardai dans la glace murale. Vous avez un beau cul, un gros gland, de beaux cheveux et de grosses couilles, très cher ! Vous devriez faire du cinéma, poser nu dans *Play Boy,* et envoyer un exemplaire dédicacé à Ursula Ossi...

Profitons, cher lecteur, de ce que je sois nu pour faire un rapide bilan ! Ne nous perdons pas en remarques approximatives et superflues, allons à l'essentiel ! Qui suis-je ? Un génie doublé d'un athlète ! Là-dessus, tout le monde est d'accord, excepté ma directrice et le Père Elbeuf ; mais, vous en conviendrez, l'opinion de ceux qui lisent *Les Fleurs du Mal* avec les yeux du procureur impérial Pinard, ne saurait être, ici, prise en compte...

Je me rasais avec mon 3 têtes Philips. Je m'attachais à faire disparaître les poils épars et rebelles qui poussent aux abords de la pomme d'Adam. Je me passai ensuite la main sur les joues, pour vérifier la qualité du rasage. Parfait ! Emulsion après rasage Anthaeus de Chanel. Socquettes blanches. Caleçon à pois. Chemise, pull, ceinture et pantalon Lacoste. Gel coiffant. Chaussures souples Charles Jourdan. Sportif. Décontracté. Latin lover. Plein sud.

Un génie doublé d'un athlète. Je n'aurais jamais dû entrer dans l'Education nationale, dans ce monde clos, mesquin, petit et sommaire, géré par des ministres qui, tous, rêvent de marier la Marseillaise et le Minitel...

Je descendis acheter une baguette à la boulangerie Moreau. Une baguette et deux chocolatines. La boulangère a toujours de grosses boucles d'oreille, un rouge à lèvres fuchsia, et des bracelets sonores qu'elle adore agiter en rendant la monnaie.

Je n'aurais jamais dû entrer dans l'Education nationale. Je suis porteur de mots, d'excès, de swing, de fête, de tout ce que l'école repousse. Hier, elle aimait Paul Guth, les besogneux de l'orthographe, les minus tireurs d'oreille récitant Racine par cœur, les dingos de la dissertation, les fans du monument aux morts, consciencieux, patriotes, thèse, antithèse, fouthèse... Aujourd'hui, elle aime Bloom et autres Stufflebeam, tordus de la centration, fans de l'obscur et de l'illisible, assassins du sensible, petits cogiteurs sans couilles, jargonneurs jaunâtres et suffisants. Stages et Patronages, même combat ! Aujourd'hui comme hier, l'école passe à côté de la viande...

J'allumai la radio en entrant dans ma cuisine. Météo, infos nationales et internationales, *Smooth Operato*r de Sade. Pain grillé. Confiture d'abricots. Thé Earl Grey de Twinings, le thé des connaisseurs, depuis 275 ans. Je ne déjeune jamais au sortir du lit, qu'on se le dise ! Plongeon dans la baignoire d'abord ! Un bain très chaud, avec des sels ! Je chante toujours au bout de quelques minutes, sachez-le !

Je n'aurais jamais dû entrer dans l'Education nationale. Une administration kafkaïenne, un salaire dérisoire, faut-il être minable comme je le suis pour accepter ça ! Allons, allons, ne soyons pas excessifs ! Minable, c'est vite dit ! Et puis tout artiste, dès l'instant qu'il n'est pas un riche héritier, doit, d'une façon ou d'une autre, signer un compromis social. J'ai signé celui qui, au départ, me paraissait le moins contraignant, celui qui me permet de vivre une double vie, à quelques kilomètres des Pyrénées...

Je déjeunais en feuilletant un numéro récent de la revue *Photo*. Les top models de Gianni Versace photographiées par Helmut Newton. Beauté moderne, agressive, distante et froide... Le triomphe de Giacobetti au Japon. Nu voilé, ganté de nuit, Luis Buñuel. Le sabre de la lumière et les seins samouraï. La nuque. Le sol vide. Une petite culotte blanche, brodée, occidentale.

Je n'aurais jamais dû entrer dans l'Education nationale. Admettons ! Qu'aurais-je pu faire d'autre ? Lecteur chez Gallimard ? Ah, non, je préfère, et de loin, corriger les copies ! Député ? Je n'ai jamais aimé le pouvoir et je viens de relire Cioran !

XXXVIII

Je n'invente rien, c'est dans *Le Départemental* ! En gros caractères noirs ! Claude Nougaro, invité au Festival de Jazz de Tarbes ! Foutre saint Georges ! Bite d'âne ! Putain de moine ! Le gascon d'Honolulu chez nous, le Yéti des Minimes à deux pas du Plateau ! Ça va swinguer, les mecs, l'oiseau se pointe avec son redoutable trio : Vander, Michelot, Lubat. De la voix. Des mots. Des sons. Saveur non stop. Beauté plein pot. Je serai au premier rang. Dans l'axe de la poursuite. Shoot petit taureau. Overdose d'émotions. Faut que j'amène les loustics. Faut qu'ils voient ça. Qu'on finisse l'année en beauté. On étudie quatre ou cinq textes de Claude en classe, champs lexicaux et tout le tintouin, on produit du sens, comme dit M. l'Inspecteur, et direction le concert. Des mots aux gestes. De la danse à la syntaxe, de la syntaxe à la danse. Je vois déjà les élèves : bonjour la découverte ! J'entends déjà leurs remarques : on savait pas... Pourquoi on le voit pas à la télé... Super le masque africain à la fin du concert... Quelle voix... *Armé d'Amour,* super... Classieux les musicos... C'était génial, m'sieur, comme vous dites, dans la viande...

Je leur en parlai dès le lendemain. Dans la classe, aussitôt, des bonds, des cris, des applaudissements.

— J'ai fait des photocopies... D'abord le texte seul, les travaux pratiques, dans huit jours, à Tarbes...

Didier Marsan s'occuperait de l'intendance. Qui dit concert, dit car. Qui dit car, dit boissons, bonbons, chocolat, cigarettes, biscuits... Marsan connaît ça...

On consacra plusieurs heures à l'étude de quelques poèmes. *Toulouse. Paris mai. Mater. Mont Paris. Rue Saint-Denis*, plus un inédit, *Le Gardien de Phare.* Les gosses heureux. Presque autant que le prof.

Ossi veillait au grain. Elle eut vent du projet avant même que je ne lui en aie parlé. Elle me convoqua.

Un concert à Tarbes, oui ! Nougaro, pourquoi pas ! Cela dit, tu es avant tout, je te le rappelle, un professeur de français, et je ne vois pas très bien, avec ce concert, ton projet pédagogique...

Moi, aussitôt, longue tirade, plaidoirie passionnée, la chanson est création à part entière, citations d'Audiberti, de Léon-Paul Fargue, de Baudelaire, de Nerval et de Louis Nucera. Ossi lisant tous les jours *Le Matin,* petit numéro culturel chébran, jazz et Occitanie, Nougaro sarrasin de Toulouse, différences, tolérance, Michel Tournier La Goutte d'or, Action Ecole, Balavoine, melting pot et Touche pas à mon pote...

Deuxième convocation. Les horaires ! Enquête D.G.S.E., Ossi général Imbold. Un concert à vingt et une heures, pourquoi ce départ à quatorze heures ? Mais Ursula, les élèves pourront assister à la répétition, voir ce qu'est un chapiteau vide, une scène, une régie, un road qui monte ses gélatines, un chanteur tendu, attendant sa stryadine dans la caravane qui lui sert de loge. Quatorze heures pour voir les coulisses, les entrailles du spectacle, quatorze heures pour voir la boue avant de découvrir l'or...

Troisième convocation. Les accompagnateurs ! Qui accompagnera les élèves ? Des parents d'élèves, Ursula ! Je comprends, je comprends, mais la présence d'au moins deux autres professeurs s'impose... As-tu vu Anne

Le Vergé ? Anne Le Vergé ! J'vais pas causer jazz avec la pasionaria du lyrisme... Elle swingue comme un saladier... Anne Le Vergé, Anne Le Vergé, et pourquoi pas le Père Elbeuf ! Ça coince, je sens bien que ça coince...

Je trouvai dans mon casier, où s'entassent pêle-mêle circulaires, notes de réfectoire et copies à corriger, un mot d'Ursula Ossi. Encre rouge sur feuille *Rodia* pliée en deux et agrafée. J'ouvris d'un geste nerveux. Le papier se déchira à l'endroit de l'agrafe : ton projet ne peut être retenu. Le trimestre compte plusieurs ponts, de nombreuses heures de cours ont déjà sauté. Je ne peux autoriser tes élèves à se rendre à un spectacle à quelques semaines de l'écrit du Bac. Je ne veux pas courir le risque de les démobiliser. Fin de citation.

Connasse, pétasse, pouffiasse, je vais te flinguer, t'entends ? je vais te faire la peau, salope ! Je vais te crever la paillasse, sale truie ! T'es qu'un flic, Ossi, t'es qu'un flic, un petit flic briseur de rêves et je vais te descendre !

Grand moment romanesque : l'assassinat d'Ursula Ossi. Faut pas que je rate mon coup ! Un beau meurtre ! Du boulot de pro ! Assassinat sur la Lande du Bouc ! Rural murder !

L'arme du crime, d'abord ! Ni revolver, ni poignard ! Ni pègre, ni commando ! Evitons, qui plus est, l'artillerie Reagan Rambo and Co, pas question de la bousiller à la grenade ! Pas de lance-flammes ! J'opte pour une mort qui lui ressemble, scolaire, mathématique. Je vais te la trouer à coups de compas, le grand compas en bois des profs de maths, celui qu'ils exhibent pendant le cours de géométrie, blouse blanche, stypen et carnet de notes qui dépasse. Meurtre au compas. J'enfonce à fond et vas-y que je tourne...

Pas question de la flinguer dans son bureau, Marthe Legras risquerait de se pointer et il faudrait que je l'étrangle avec le fil du téléphone. Perte de temps, supplément de boulot... Je vais la descendre derrière la chapelle. Elle y passe, tous les après-midi, juste avant la récréation. Elle piste dans les parages les éventuels fumeurs de tabac mêlé.

Je fais ça un lundi après-midi. Je n'ai pas cours. Je viens de Lannemezan. Je gare ma voiture dans la forêt qui domine le Collège. Puis, à pied jusqu'aux abords de la chapelle.

Je sors de la forêt, deux minutes avant que retentisse la sonnerie de la récréation. Je me planque derrière les sapinettes bordant l'allée qui sépare la chapelle du cimetière des Pères. J'entends son pas. Je brandis mon compas comme une sagaie. Elle arrive à ma hauteur. Et vlan, le compas dans les miches ! La pointe ressort dans le dos, après avoir traversé les poumons. Elle titube et s'écroule. Elle râle et pisse le sang. Elle souffre. Elle gueule et crève.

Découverte du corps par un employé des cuisines. SAMU, Pompiers, Brigade de gendarmerie de Barbazuc. Le brigadier a son idée. L'assassin ne peut être qu'un prof de maths. Un prof de lettres l'aurait massacrée à coups de Lagarde & Michard... Arrestation de tous les profs de maths. Interrogation. Passage à tabac. Torture. Fausse piste...

Alexis Lagalaye prend l'affaire en main et téléphone à l'inspecteur Colombo. Pour les besoins de l'enquête, on ferme le Collège pendant une semaine. Mes élèves quittent l'internat et se rendent au concert. Tout est bien qui finit bien...

XXXIX

Le corne de l'Espagne et le torrent de cailloux.

Les musiciens s'habillaient et se maquillaient dans l'arrière-salle d'un bistrot, dont le patron était un vieil ami d'Alban Lubat, le père de Bernard Lubat. Une odeur de parfum et de hasch. Dans ma main, la main de Laure.

Le spectacle commence toujours dans les coulisses. Eclats de rire. Brumisateurs. Vaporisateurs. Fond de teint. Faux cils. Bâtons de rouge. Gel coiffant. Valises ouvertes sur les tables, et d'où sortent des cravates bariolées, des casquettes à longues visières translucides, des nœuds papillons démesurés, des lunettes de moto, des fourragères, un képi de légionnaire, des mitaines, un masque de plongée, des justaucorps fluorescents, une corne de brume, des jambières vertes et rouges.

Bernard Lubat, assis près du flipper et vêtu d'une salopette verte, se mettait du rouge à joues. Il nous fit un signe de la main.

— Michel Portal joue avec nous ce soir... D'ailleurs le voilà, dit-il en regardant par-dessus mon épaule.

Je me retournai. Michel Portal, tout de noir vêtu, se faufilait entre les tables.

— La place est noire de monde ! Qui joue ? demanda-t-il à Lubat, après nous avoir salués.

— C'est un groupe de rock toulousain ! Ensuite Lodéon, ensuite la Compagnie, et puis nous deux. Trois notes, et dans la viande...

Portal retira ses gants de peau. Dans ma main, la main de Laure.

Les rockers venaient d'achever leur récital. Frédéric Lodéon montait sur scène, accompagné du pianiste François Heisser. *Premier concerto pour violoncelle et piano* de Brahms. Lodéon, avant de jouer, rendit un bref hommage à Rostropovitch, au Sauternes et à Boris Vian.

Nous étions assis à la terrasse du bistrot. Laure portait un tailleur, veste cintrée avec basques et poignets plissés, jupe droite, gants, boucles d'oreille et ballerines. Je lui dis que je l'aimais. Elle me dit qu'elle était heureuse que je vienne vivre avec elle au Petit Marrakech. Dans ma main, je serrais la sienne...

Nous avions passé ensemble, au Petit Marrakech, le premier week-end de juin. Je lui avais offert un bouquet de roses rouges et *Le Chercheur d'or* de Le Clézio. Elle avait disposé les fleurs dans le grand vase en cristal du salon et m'avait demandé de la suivre. J'ai une surprise pour toi, avait-elle dit en appuyant sur l'interrupteur du couloir qui mène à sa chambre...

Nous étions passés devant sa chambre sans nous y arrêter. Elle m'avait indiqué la porte d'une pièce dans laquelle nous n'allions jamais. Je savais simplement qu'elle avait déménagé là le bureau de son père, lorsqu'à la mort de ce dernier elle avait transformé son cabinet en salon-bibliothèque.

Elle avait ouvert la porte.

— Entre !

Elle avait attendu que je sois entré dans la pièce obscure avant d'allumer la lumière.

— Voici ton bureau, avait-elle dit, en me prenant la main. Ici, personne ne te dérangera. Attends, je vais ouvrir les volets !

Elle avait fait jouer la crémone, ouvert la fenêtre et s'était penchée en avant pour mieux rabattre les volets.

— Regarde, tu as une vue imprenable sur Saint-Sernin.

Moi, je n'avais vu que ses fesses dans son Lee Cooper...

Elle avait fait retapisser les murs, et installer une bibliothèque murale où s'empilaient déjà quelques volumes.

— J'ai mis tout Balzac parce qu'il n'y a pas de raison que tu n'aimes pas Balzac, avait-elle précisé en riant.

Sur le bureau, son portrait, le même que celui que j'avais à Lannemezan, quelques cahiers Clairefontaine tout neufs, et un exemplaire du *Roman du Roman* de Jacques Laurent.

— Tu achèves ton *Lait de Lune*, et ensuite tu écris un vrai roman, avec des personnages, une tension et tout l'attirail romanesque que tu détestes tant...

Elle m'avait tendu la main et m'avait dit :

— Sous mon chemisier, je n'ai pas de soutien-gorge et je n'ai jamais eu sous mon jean d'aussi petite culotte blanche...

Pétards, feux d'artifice, vociférations, la Compagnie Lubat. Lassus, Auzier, Lubat... déguisés, maquillés, gesticulant, jouant sur scène *Los Gojats e las Gojatas,* composition lyrico-paysanne de Bernard Lubat.

Laure goûtait cette débauche de sons et de

couleurs, cette musique initiale et naïve. Lubat et son jazz amont, Lubat, son humour et sa viande.

— Tu vois, Laure, c'est la première fois qu'un musicien parle de l'exode rural, sans tomber dans la plainte sommaire...

XL

Ma Lancia était remplie de livres, de disques, de coupures de presse et de manuscrits. Je roulais vers Toulouse, vers Laure, vers le Petit Marrakech...

Laure. Je veux piétiner le pavé qui parle d'elle, surprendre sa main gantée dans la fente étroite et glacée d'un mâchicoulis et la rejoindre, le soir, dans la plus haute chambre du donjon. J'appartiens, nul ne l'ignore, à l'ordre de Laure.

Je viens vers toi, Toulouse ! Ni tes épaisses murailles ni tes ponts-levis levés ne m'arrêteront. Je viens vers toi, escorté par la Lande du Bouc. J'enfoncerai mon fer dans ta viande. J'ai levé, cette nuit, une armée de crapauds et de buses. Elle s'est mise en route bien avant que la sonnerie des vacances ne retentisse dans la cour fermée du Collège.

Toulouse, je suis armé jusqu'aux dents. A mon flanc, dans son étui d'étoiles, brille le revolver de la nuit. Soulève le jupon de tes ponts, Toulouse, aujourd'hui je suis un guerrier, demain, je serai ton amant solaire...

Blagnac, Ramonville-Saint-Agne, toutes tes banlieues subissent déjà la loi de mes plus vaillants crapauds. Les pare-brise des automobiles sont couverts de bave. J'entends, ici, dans ma voiture, le cri de ceux qui croyaient fini le temps du meurtre. Les casques de la police volent en éclats sous les coups de bec des buses. Ce soir, quand j'entrerai dans la chambre de Laure, j'aurai lâché, sur tes quartiers les plus chics, mes légions d'aspics...

Effrayée, tu vois briller la pointe en or de mon pétrolier. Il te dit qu'il est temps de renoncer à cette somnolence post-industrielle. Un chant barbare naît dans ma gorge. Mélodie carnassière, lexique charnu, chatte, bite, ventre, bouche. Toulouse, mes couilles sont meurtrières, elles te préparent de beaux Oradour-sur-Glandes...

Toulouse, je suis un écrivain, je remue le sang dans les entrailles de l'aorte, je suis un agitateur néronien de viscères, je hais toute forme de coagulation...

Je viens épouser Laure, femme dont la langue poignarde les hosties, Breton dixit. Je viens vers elle. Nous mettrons le feu aux déclarations d'amour municipales, aux chroniques « Hyménée » des quotidiens. Toute la petite verberie crétine, noces d'argent, de platine et d'or, prendra le poing de l'amour sur la gueule. Nous boirons le plus ancien breuvage et le monde jusqu'à la lie. Ame nuque et ventre. Tu ne pourras résister longtemps à mes hordes de ronces, à mes régiments désordonnés de loups, Toulouse ! La Garonne, lassée de charrier tes eaux savonneuses, renoue avec la mémoire des torrents. Elle reprend ses droits. Gare Matabiau, les chauves-souris s'accrochent aux arêtes des trains, et les renards, bénéficiant de la complicité des caténaires, ont bloqué toutes les issues et se nourrissent allégrement de la chair fraîche des voyageurs...

Toulouse, je suis un agitateur néronien de viscères, je te rendrai à ta propre viande, je pendrai haut et court, à tes plus récents lampadaires, les suppôts de Descartes. Mes charges de plastic célestes auront raison de ta lèpre administrative...

Je parcourrai, la nuit, ton métro souterrain. Il est en construction. J'ai graissé la patte des pilotes de pelles mécaniques qui incisent quotidiennement ton macadam stupide. J'ai tous les plans. Je sais où porter les coups. Je couvrirai de graffiti obscènes, de giclées vitales, la brique apparente dont se pareront, j'en suis sûr, tes plus belles stations...

Toulouse, toi et moi, viande contre viande !

Le grand panneau « Toulouse Direct ». Dans vingt minutes, je serai au Petit Marrakech. Avec Laure. Demain, je me lèverai de bonne heure, je quitterai sa chambre, sans bruit, pour ne pas troubler son sommeil. Je m'enfermerai dans mon bureau. Je noircirai ma page. J'écrirai, face au clocher de Saint-Sernin, dans la lumière du jour, au-dessus d'un million de toits roses.

XLI

Un été torride à Toulouse, des journées entières sous la douche, le corps de Laure luisant de gouttes, ses cheveux comme des serpents d'eau, ma bouche écrasée contre sa poitrine liquide...

J'allais à la FNAC acheter l'enregistrement public de Gainsbourg au Casino de Paris. Un cadeau pour Laure. J'avais un walkman sur les oreilles. J'ai dit walkman, et non baladeur. Pas question de participer à la croisade des nouveaux Malherbes, de filer un coup de main aux tribuns du lexique, sergent Paul Guth, sergent Fillioud, raid sur Poitiers, syntaxe Charles Martel, vérification, étiquetage, stockage des mots propres, dépistage des impurs, mise à l'écart des basanés, combien d'années dans le corpus, titularisation sur place ou prime de retour, cas litigieux voir Jean Dutour...

Un magasin de sport, crépi blanc, porte en verre, enseigne acier, la vitrine est un aquarium. Poster géant Seychelles, surf, couleurs vivantes, combinaison de plongée jaune et noire, étoiles de mer, sable, spots verticaux, un mannequin à la peau mate, les seins vissés au maillot, *is it a crime, is it a crime, I still want you, and I want you to want me too...*

Les coups de freins des bus conduits par des homards. Au retour, je m'arrêterai à La Bible d'Or. Chez Georges Ousset. Nous parlerons de Luchon. Je monterai l'escalier en colimaçon qui mène au premier étage de la librairie. Parcours du cœur battant, la Poésie est au premier, elle se mérite. Etudiant, j'ai passé des après-midi entiers, dans cette librairie, à lire les poètes contemporains, les surréalistes et Bonnefoy, Ponge et René Char...

Le département disques de la FNAC. Poster de Cure et de Sade, mais aussi l'affiche d'Uzeste Musical, signée Ernest Pignon Ernest. Direction la variété française. Je déteste ce mot. Lettre N, Nougaro. J'ai tout. Lettre G, Gainsbourg. Je pris un exemplaire de son disque. Je vérifiai que la pochette n'était pas abîmée, marques de doigts, ouverture qui bâille, angles écornés ou tassés.

— Bonjour, m'sieur !

Je me retournai. Didier Marsan, tenant par la main une minette à tee-shirt Marlboro. Il était content de me voir. Moi aussi. Il était encore plus content de me présenter sa copine prénommée Lucie. Nous parlâmes du français du Bac, des notes. Il s'en était pas mal sorti, surtout à l'oral, rien d'étonnant.

— J'espère que tu vas bosser un peu plus en Terminale !

— Justement, vous nous aviez dit que cette année vous feriez le français facultatif en Terminale, j'avais envie de m'inscrire au cours, mais j'ai téléphoné au Collège, paraît qu'il y a un nouveau prof de français. Il va faire toutes les Terminales...

— Il s'appelle Jacques Lemoine, dis-je à Didier, tout en remerciant la caissière qui me tendait mon paquet cadeau et ma carte verte. C'est le prof qui me remplace, ajoutai-je.

— Vous quittez le Collège, m'sieur ?

Je glissai ma carte verte dans mon portefeuille.

— Vous avez deux minutes, les chéris ? Bon ! On va boire un coup au Bibent...

Nous rejoignions la place du Capitole. J'avais mis mes lunettes de soleil. Didier m'offrit une cigarette. Lucie était fière de sa poitrine qui sautait sous son tee-shirt Marlboro.

Je sens que je vais l'écrire, ce roman. Sérieusement, qu'est-ce que je risque ? Rien ! Ursula ne pourra rien faire, rien entreprendre. Elle ne pourra me poursuivre, sans faire de moi un martyr. Tous les élèves avec moi, scandale, grève de la faim, « Du Rififi chez les cathos », tel serait, grosso modo, le titre de *Libé*... Elle ne pourra faire condamner *Portrait de la pétasse*, sans avouer : « La pétasse, c'est moi ! » Ça, elle ne peut pas, c'est au-dessus de ses forces. De plus, elle sera bien embarrassée pour trouver dans le livre une phrase disant clairement : la pétasse, c'est elle. Le roman sera ambigu à souhait. Il dira, sans dire, tout en disant. Je serai un vrai romancier, je veux dire un innocent présumé coupable. Je deviendrai le Caïd de la syntaxe, l'indéboulonnable parrain du son. Car personne n'aura intérêt à chercher des preuves contre moi. J'aurai commis un crime parfait. La littérature, c'est le crime parfait.

Plateau du Lannemezan
Septembre 1985 - mai 1986

ACHEVÉ D'IMPRIMER LE 4 JUILLET 1991
SUR LES PRESSES DE L'IMPRIMERIE HÉRISSEY
POUR LE COMPTE DE FRANCE LOISIRS
123, BOULEVARD DE GRENELLE, PARIS

Dépôt légal : juin 1991
N° d'éditeur : 20230
N° d'imprimeur : 55374
Imprimé en France